História de Jenni
ou O Ateu e o Sábio

Título original: *Histoire de Jenni ou Athée Et Le Sage*
Copyright © Editora Lafonte Ltda., 2006

Todos os direitos reservados.
Nenhuma parte deste livro pode ser reproduzida sob quaisquer
meios existentes sem autorização por escrito dos editores.

Direção Editorial	*Ethel Santaella*
Tradução	*Antonio Geraldo da Silva e Ciro Mioranza*
Revisão	*Denise Camargo*
Texto de capa	*Dida Bessana*
Diagramação	*Demetrios Cardozo*
Imagem de Capa	*Juhasz Sz / Shutterstock.com*

Dados Internacionais de Catalogação na Publicação (CIP)
(Câmara Brasileira do Livro, SP, Brasil)

Voltaire, 1694-1778
 História de Jenni, ou, O ateu e o sábio /
Voltaire ; tradução Antonio Geraldo da Silva e Ciro
Mioranza. -- São Paulo : Lafonte, 2021.

 Título original: Histoire de Jenni, ou Le sage et
l'athée
 ISBN 978-65-5870-135-4

 1. Contos franceses I. Título. II. Título: O ateu
e o sábio.

21-71890   CDD-843

Índices para catálogo sistemático:

1. Contos : Literatura francesa   843

Cibele Maria Dias - Bibliotecária - CRB-8/9427

Editora Lafonte

Av. Profª Ida Kolb, 551, Casa Verde, CEP 02518-000, São Paulo-SP, Brasil - Tel.: (+55) 11 3855-2100,
Atendimento ao leitor (+55) 11 3855- 2216 / 11 – 3855 - 2213 – *atendimento@editoralafonte.com.br*
Venda de livros avulsos (+55) 11 3855- 2216 – *vendas@editoralafonte.com.br*
Venda de livros no atacado (+55) 11 3855-2275 – *atacado@escala.com.br*

Voltaire

História de Jenni
ou O Ateu e o Sábio

Tradução
Antonio Geraldo da Silva e Ciro Mioranza

Lafonte

Brasil – 2021

Apresentação

Se Deus não existisse, seria preciso inventá-lo.
Essa frase de impacto é do próprio Voltaire. Não que ele fosse um praticante da religião ou um católico fervoroso. Mas era um teísta. Acreditava na necessidade da existência de Deus. Embora fosse um crítico feroz da Igreja católica, particularmente do seu poderio, de sua ingerência nos negócios de Estado, dos desmandos das autoridades eclesiásticas e da prepotência dos jesuítas que se consideravam os donos da verdade cristã, Voltaire não consegue imaginar um mundo sem Deus. Por essa razão, considerava o ateísmo – muito em moda na época – como uma doutrina equivocada, pelo menos sob o ponto de vista filosófico. Além disso, era perigoso para a sociedade.

Com receio de ser classificado como beato e carola pela intelectualidade de seu tempo, Voltaire elabora a *História de Jenni*, um conto em que desenvolve suas ideias sobre a existência de Deus e sobre o homem que, em sã consciência, não pode ser ou considerar-se ateu. Com base na firme convicção de que Deus existe, apresenta as provas de sua existência, de sua necessidade, moral e social, da crença num ser supremo que premia o bem e castiga o mal, ou um Deus remunerador e vingador.

Neste conto, introduz longos e densos diálogos entre um ateu e um pastor anglicano. Nessas discussões, não só desenvolve suas ideias e seus princípios com relação ao tema central, como também descreve as opiniões dos ateus da época e das correntes naturalistas que prescindiam de um criador de tudo a partir do nada. Evoca autores antigos, do começo do cristianismo, da Idade Média e de sua época, para expor a temática, sempre antiga e sempre nova, resultante da indiferença do homem perante a religião ou da descrença de que a matéria tenha tido necessidade de um princípio vivificador, superior e eterno para vir a existir.

Considerada por muitos como uma historieta edificante, *História de Jenni ou o Ateu e o Sábio* é uma tomada de posição corajosa de Voltaire perante essa problemática. Deu seu recado e transmitiu seus pensamentos sobre o tema de forma mais tranquila e sobranceira que em outros escritos seus, nos quais com frequência usava da ironia e do sarcasmo. Isso não quer dizer que essas características não estejam presentes, vez por outra, neste conto. Parece, no entanto, um Voltaire mais maduro, mais calmo, mais bonachão, um escrito bem apropriado à sua velhice (escreveu-o aos 81 anos de idade), mas não menos interessante que os outros, ainda mais por tratar de um tema sempre polêmico e delicado como o ateísmo.

Ciro Mioranza

Capítulo I

Pede-me, senhor, alguns detalhes sobre nosso amigo, o respeitável Freind, e sobre seu estranho filho. O tempo livre de que desfruto enfim após a retirada de milorde Peterborou me permite satisfazê-lo. Ficará tão espantado quanto eu e compartilhará de todos os meus sentimentos.

Realmente o senhor quase não viu esse jovem e infeliz Jenni, esse filho único de Freind, que o levou consigo para a Espanha quando era capelão de nosso exército, em 1705. O senhor partiu para Alep antes que milorde cercasse Barcelona; mas tem razão em dizer que Jenni tinha um aspecto dos mais amáveis e atraentes e que denotava coragem e espírito. Nada mais verdadeiro; era impossível vê-lo sem estimá-lo. O pai o havia primeiramente destinado à Igreja, mas, tendo o jovem demonstrado repugnância por esse estado que requer tanta arte, engenho e finura, esse pai sensato julgou que seria um crime e uma tolice forçar a natureza.

Jenni não tinha ainda vinte anos. Quis de todas as maneiras servir como voluntário no ataque a Mont-Jouy, que vencemos, e onde o príncipe de Hesse foi morto. Nosso pobre Jenni, ferido, foi feito prisioneiro e levado para a cidade. Aqui está um relato fiel do que lhe aconteceu desde o ataque de Mont-Jouy até a tomada de Barcelona. Esse relato é de uma catalã um pouco livre e por demais ingênua; semelhantes escritos não tocam o coração do sábio. Consegui esse texto na casa dela, quando entrei em Barcelona junto com milorde Peterborou. O senhor haverá de lê-lo sem escândalo, como um retrato fiel dos costumes do país.

Aventura de Um Jovem Inglês Chamado Jenni
escrita por mão de dona Las Nalgas

Quando nos disseram que os mesmos selvagens, que tinham chegado pelos ares, de uma ilha desconhecida, para nos tomar Gibraltar, vinham sitiar nossa bela cidade de Barcelona, começamos a fazer novenas à Santa Virgem de Manreza, o que é seguramente a melhor maneira de se defender.

Esse povo, que vinha nos atacar de tão longe, tem um nome difícil de pronunciar, pois é *english*. Nosso reverendo padre inquisidor dom Jerónimo Bueno Caracucarador pregou contra esses salteadores. Lançou contra eles uma excomunhão maior em Nossa Senhora del Pino. Certificou-nos de que os *english* tinham cauda de macaco, patas de urso e cabeça de papagaio; que na verdade falavam algumas vezes como os homens, mas que quase sempre assobiavam; que eram, aliás, notoriamente hereges; que a Santa Virgem, que é muito favorável aos outros pecadores e pecadoras, nunca perdoava aos hereges e que, por conseguinte, seriam todos infalivelmente exterminados, sobretudo se se apresentassem diante de Mont-Jouy. Mal acabara seu sermão, ficamos sabendo que Mont-Jouy havia sido tomado de assalto.

À noite, contaram-nos que nesse assalto havíamos ferido um jovem *english*, que se encontrava em nossas mãos. Por toda a cidade gritaram *Vitória! Vitória!* e luminárias foram acesas.

Dona Boca Bermeja, que tinha a honra de ser amante do reverendo padre inquisidor, teve incontrolável vontade de ver como era feito um animal *english* e herege. Era minha amiga íntima. Eu estava tão curiosa quanto ela. Mas foi preciso esperar que ele estivesse curado de seu ferimento, o que não demorou muito.

Logo depois soubemos que ele deveria tomar banhos no estabelecimento de meu primo-irmão Elvob, o banhista, que é, como se sabe, o melhor cirurgião da cidade. A impaciência de ver esse monstro redobrou em minha amiga Boca Bermeja. Não tivemos paz nem descanso, nem o demos a meu primo, o banhista, até que não nos ocultasse num pequeno vestiário, atrás de uma janelinha, pela qual se enxergava a sala de banhos. Entramos nela na ponta dos pés, sem fazer nenhum barulho, sem dizer uma palavra, sem ousar respirar, precisamente no instante em que o *english* saía de dentro da água. Seu rosto não estava voltado para nós; tirou um pequeno boné sob o qual estavam enrolados seus cabelos loiros que desciam em grandes cachos sobre o mais belo dorso que já vi em minha vida; seus braços, suas coxas, suas pernas, me pareceram de um carnudo, de um refinado, de uma elegância que se aproxima, a meu ver, do Apolo do Belvedere de Roma, cuja cópia se encontra em casa de meu tio escultor.

Dona Boca Bermeja estava extasiada de surpresa e encantamento. Eu estava encantada como ela; não pude deixar de dizer: *Oh que hermoso muchacho!* (Oh! que rapaz formoso!). Essas palavras, que me escaparam, fizeram o jovem voltar-se. Então, foi muito pior; vimos o rosto de Adônis sobre o corpo de um jovem Hércules. Por pouco, dona Boca Bermeja não caiu para trás e eu também. Seus olhos se acenderam e se cobriram de um leve orvalho, através do qual se viam sinais de chamas. Não sei o que aconteceu com os meus.

Quando voltou a si, disse: "São Tiago e Santa Virgem! É assim que são feitos os hereges? Oh! Como nos enganaram!".

Saímos o mais tarde que pudemos. Boca Bermeja foi logo tomada pelo mais violento amor pelo monstro herege. Ela é mais bonita que eu, confesso; e confesso também que me senti duplamente enciumada. Fiz ver a ela que se condenava ao trair o reverendo padre inquisidor dom Jerónimo Bueno Caracucarador com um *english*. "Ah! Minha querida Las Nalgas, disse ela (pois Las Nalgas é meu nome), eu trairia até Melquisedec por esse belo jovem." Ela não deixou de fazê-lo e, já que é preciso dizer tudo, eu dava secretamente muito mais que o dízimo das oferendas.

Um dos serviçais da Inquisição, que ouvia quatro missas por dia para obter de Nossa Senhora de Manreza a destruição dos *english*, foi informado de nossos atos de devoção. O reverendo padre dom Caracucarador mandou nos açoitar a ambas. Mandou vinte e quatro alguazis da Santa Hermandad para prender nosso querido *english*. Jenni matou cinco deles e foi preso pelos dezenove que sobravam. Fizeram-no repousar num calabouço bem frio. Foi destinado a ser queimado no domingo seguinte, em grande cerimônia, vestido com um amplo sambenito e um chapéu em forma de pão-de-açúcar, em honra de nosso Salvador e da Virgem Maria, sua mãe. Dom Caracucarador preparou um belo sermão; mas não pôde pronunciá-lo porque, no próprio domingo, a cidade foi tomada às quatro horas da madrugada.

Aqui termina o relato de dona Las Nalgas. Era uma mulher que não deixava de ter um certo espírito, que os espanhóis chamam *agudeza*.

Capítulo II

Continuação das aventuras do jovem inglês Jenni e daquelas do senhor seu pai, doutor em teologia, membro do parlamento e da Sociedade Real

Sabem que admirável conduta teve o conde Peterborou quando se apoderou de Barcelona; como impediu a pilhagem; com que pronta sagacidade pôs ordem em tudo; como arrancou a duquesa de Popoli das mãos de alguns soldados alemães bêbados que a roubavam e a violentavam. Mas podem imaginar a surpresa, a dor, o aniquilamento, a cólera, as lágrimas, os transportes de nosso amigo Freind quando soube que Jenni estava nos calabouços do Santo Ofício e que sua fogueira já estava preparada? Sabem que as cabeças mais frias são as mais exaltadas nas grandes ocasiões. Deveriam ter visto esse pai, que conheceram tão grave e tão imperturbável, voar até o antro da Inquisição mais depressa que nossos cavalos de raça correm até Newmarket. Cinquenta soldados, que o seguiam sem fôlego, estavam sempre a duzentos passos dele. Finalmente chega, entra na caverna. Que momento! Que prantos e que alegria! Vinte vítimas destinadas à mesma cerimônia são libertadas com Jenni. Todos esses prisioneiros se armam; todos se juntam a nossos soldados; demolem o Santo Ofício em dez minutos e almoçam sobre suas ruínas, com o vinho e o presunto dos inquisidores.

No meio desse tumulto, das fanfarras, dos tambores e dos tiros de quatrocentos canhões que anunciavam nossa vitória na Catalunha, nosso amigo Freind havia reconquistado a tranquilidade que conhecem. Estava calmo como o céu de um belo dia depois de uma tempestade. Erguia a Deus um coração tão sereno como seu rosto, quando viu sair do respiradouro de um calabouço um espectro negro com sobrepeliz, que se prostrou a seus pés, pedindo misericórdia.

– Quem és tu? – perguntou nosso amigo. Vens do inferno?

– Quase – respondeu o outro. Sou dom Jerónimo Bueno Caracucarador, inquisidor da fé; peço humildemente perdão por ter querido assar o senhor seu filho em praça pública: eu achava que fosse judeu.

– Eh! Mesmo que fosse judeu – retrucou nosso amigo com seu sangue-frio habitual –, fica bem para você, senhor Caracucarador, assar pessoas porque descendem de uma raça que outrora habitava um pequeno cantão pedregoso bem próximo do deserto da Síria? Que lhe importa se um homem tem ou não um prepúcio e que celebre a páscoa na lua cheia ou no domingo seguinte? Esse homem é judeu, portanto, devo queimá-lo e todos os seus bens me pertencem: aí está um péssimo argumento; não se raciocina desse modo na Sociedade Real de Londres. Sabe muito bem, senhor Caracucarador, que Jesus Cristo era judeu; que nasceu, viveu e morreu judeu; que celebrou a páscoa como judeu, na lua cheia; que todos os seus apóstolos eram judeus; que foram ao templo judeu após o desfecho infeliz da vida de Cristo, como está escrito de forma expressa; e que os quinze primeiros bispos secretos de Jerusalém eram judeus. Meu filho não é judeu, é anglicano: que ideia lhe passou pela cabeça para querer queimá-lo?

O inquisidor Caracucarador, amedrontado com os conhecimentos do senhor Freind, e sempre prostrado a seus pés, lhe disse:

— Ai de nós! Nada de tudo isso sabíamos na Universidade de Salamanca. Mais uma vez, perdão; mas o verdadeiro motivo é que o senhor seu filho tomou minha amante Boca Bermeja.

— Ah! Se ele tomou sua amante — retrucou Freind — é outra história; nunca se deve tomar o bem dos outros. Entretanto, não há nisso razão suficiente, como diz Leibnitz, para queimar um jovem. As penas devem ser proporcionais aos delitos. Vocês, cristãos do outro lado do mar britânico em direção do sul, deveriam ter mandado queimar um de seus irmãos, seja o conselheiro Anne Dubourg, Michel Servet ou todos aqueles que foram queimados sob as ordens de Filipe II, denominado *o discreto*, do que nós, ingleses, em mandar assar um rosbife em Londres. Mas mandem buscar a senhorita Boca Bermeja, para que eu saiba dela a verdade.

Boca Bermeja foi trazida, chorando mas embelezada pelas lágrimas, como sempre ocorre.

— É verdade, senhorita, que amava ternamente dom Caracucarador e que meu filho Jenni a tomou à força?

— À força? Senhor inglês! Foi certamente de todo o meu coração. Nunca vi nada tão lindo e tão amável como o senhor seu filho; e o julgo muito feliz em ser pai dele. Fui eu que fiz todas as investidas; ele bem as merece: eu o seguiria até o fim do mundo, se é que o mundo tem fim. Sempre detestei, do fundo de minha alma, esse vil inquisidor; ele mandou me açoitar até sair sangue, a mim e à senhorita Las Nalgas. Se quiser tornar minha vida tranquila, mande enforcar esse celerado de monge ao pé de minha janela, enquanto eu estiver jurando ao senhor seu amor eterno. Feliz de mim, se pudesse lhe dar um dia um filho que se pareça com o senhor!

Com efeito, enquanto Boca Bermeja pronunciava essas palavras singelas, milorde Peterborou mandava procurar o inquisidor Caracucarador para que fosse enforcado. Mas não haverão de se surpreender, se eu disser que o senhor Freind se opôs energicamente a isso.

— Que a justa cólera de todos — disse ele — respeite a generosidade de todos vocês; nunca se deve condenar um homem à morte a não ser quando isso for absolutamente necessário para a salvação do próximo. Os espanhóis iriam dizer que os ingleses são bárbaros que matam todos os padres que encontram. Isso poderia trazer grandes prejuízos ao senhor arquiduque, em nome do qual acabam de tomar Barcelona. Estou muito contente desde que meu filho foi salvo e também porque esse tratante desse monge está privado das condições de exercer suas funções inquisitoriais.

Enfim, o sábio e caridoso Freind falou de tal modo que milorde se contentou em mandar açoitar Caracucarador, como esse miserável havia açoitado *miss* Boca Bermeja e *miss* Las Nalgas.

Tamanha demência tocou o coração dos catalães. Aqueles que haviam sido libertados dos calabouços da Inquisição concluíram que nossa religião valia infinitamente mais que a sua. Quase todos pediram para serem aceitos na Igreja anglicana; e até mesmo alguns bacharéis da Universidade de Salamanca, que estavam em Barcelona, quiseram ser esclarecidos. A maioria foi logo atendida. Só houve um deles, chamado dom Inigo y Medroso y Comodios y Papalamiendo, que se mostrou um pouco renitente.

Aqui está o resumo da amigável discussão que nosso querido amigo Freind e o bacharel dom Papalamiendo travaram na presença de milorde Peterborou. Chamaram a essa conversa familiar o diálogo dos *Mas*. Verão facilmente por que ao lê-lo.

Capítulo III

Súmula da controvérsia dos "mas" entre o senhor Freind e dom Inigo y Medroso y Comodios y Papalamiendo, bacharel de Salamanca

O bacharel
Mas, senhor, apesar de todas as belas coisas que acaba de me dizer, terá de confessar que sua Igreja anglicana, tão respeitável, não existia antes de dom Lutero e antes de dom Oecolampadio. Vocês são bem recentes, portanto, não são de casa.

Freind
É como se me dissessem que não descendo de meu avô, porque um colateral, residente na Itália, se havia apoderado de seu testamento e de meus títulos. Felizmente os recuperei e é claro que sou neto de meu avô. Somos, você e eu, da mesma família, com a pequena diferença de que nós, ingleses, lemos o testamento de nosso avô em nossa própria língua e de que lhes é proibido lê-lo na sua. Vocês são escravos de um estrangeiro e nós só estamos submetidos à nossa razão.

O bacharel
Mas se sua razão se perder?... Porque afinal vocês não acreditam em nossa Universidade de Salamanca, a qual declarou a infalibilidade do papa e seu direito incontestável sobre o passado, o presente, o futuro e o *paulo-post-futuro*.[1]

Freind
Ah! Os apóstolos também não acreditavam em nada disso. Está escrito que esse Pedro, que renegou seu mestre Jesus, foi severamente repreendido por Paulo. Não quero examinar aqui qual dos dois estava errado; talvez ambos o estivessem, como acontece em quase todas as divergências; mas afinal não há uma única passagem nos *Atos dos Apóstolos* em que Pedro seja considerado como mestre de seus companheiros e do *paulo-post-futuro*.

O bacharel
Mas com toda certeza São Pedro foi arcebispo de Roma, pois Sánchez nos ensina que esse grande homem ali chegou na época de Nero e que ali ocupou o trono arquiepiscopal durante vinte e cinco anos, sob esse mesmo Nero, que só reinou treze. De resto, é matéria de fé e é dom Grillandus, o protótipo da Inquisição, que o afirma (pois nós nunca lemos a Bíblia Sagrada), é matéria de fé, digo, que São Pedro estava em Roma certo ano, pois data uma de suas cartas de Babilônia; e, como Babilônia é visivelmente um anagrama de Roma, está claro que o papa é, por direito divino, o senhor de toda a terra; pois, além disso, todos os licenciados de Salamanca demonstraram que Simão Virtude de Deus, primeiro feiticeiro e conselheiro de Estado do imperador Nero, mandou seu cachorro cumprimentar São Simão Bar Jonas, também chamado São Pedro, logo que chegou a Roma; que São Pedro, não menos cortês, enviou também seu cachorro retribuir os cumprimentos a Simão Virtude de Deus; que em seguida apostaram qual dos dois ressuscitaria mais depressa um primo-irmão de Nero, que Simão Virtude de Deus só ressuscitou

---
(1) Um pouco depois do futuro, o imediato pós-futuro (N. do T.).

seu morto pela metade e que Simão Bar Jonas ganhou a aposta, ressuscitando o primo por inteiro; que Virtude de Deus quis ter sua revanche e começou a voar pelos ares como São Dédalo, mas São Pedro lhe quebrou as duas pernas, fazendo-o cair. É por isso que São Pedro recebeu a coroa do martírio, com a cabeça para baixo e as pernas para cima[2]. Está pois demonstrado *a posteriori* que nosso santo padre o papa deve reinar sobre todos aqueles que têm coroa na cabeça e que é senhor do passado, do presente e de todos os futuros do mundo.

Freind

É claro que todas essas coisas aconteceram na época em que Hércules, num instante, separou as duas montanhas de Calpe e Abila e passou o estreito de Gibraltar em sua cartola de mágico; mas não é nessas histórias, por mais autênticas que sejam, que baseamos nossa religião; é no Evangelho.

O bacharel

Mas, senhor, em que passagens do Evangelho? Pois li uma parte desse Evangelho em nossos cadernos de teologia. É na passagem do anjo que desceu das nuvens para anunciar a Maria que seria engravidada pelo Espírito Santo? É na passagem da viagem dos três reis e de uma estrela? No massacre de todos os meninos do país? No trabalho que teve o diabo em transportar Deus para o deserto, para o pináculo do templo e para o topo de uma montanha, de onde se poderia descortinar todos os reinos da terra? No milagre da água transformada em vinho, num casamento de aldeia? No milagre dos dois mil porcos que o diabo afogou num lago por ordem de Jesus? No...

Freind

Senhor, nós respeitamos todas essas coisas porque estão no Evangelho e nunca falamos delas porque estão muito acima da fraca razão humana.

---

[2] Toda essa história é contada por Abdias, Marcelo e Hegesipo; Eusébio só relata uma parte dela. (N. do T.)

O bacharel
Mas dizem que vocês nunca chamam a Santa Virgem de mãe de Deus.

Freind
Nós a veneramos, nós a amamos, mas achamos que ela pouco se importa com os títulos que lhe são atribuídos neste mundo. Ela nunca é denominada mãe de Deus no Evangelho. Houve uma grande disputa, no ano 431, durante um concílio de Éfeso, para saber se Maria era *theótocos* e se, sendo Jesus Cristo ao mesmo tempo Deus e filho de Maria, era possível que Maria pudesse ser ao mesmo tempo mãe de Deus Pai e de Deus Filho. Nós não entramos nessas querelas e a Sociedade Real de Londres não se envolve nisso.

O bacharel
Mas, senhor, vai falando aí em *theótocos*! Que é *theótocos*, por favor?

Freind
Quer dizer mãe de Deus. Que é isso?! É bacharel de Salamanca e não sabe grego?

O bacharel
Mas o grego, o grego! Para que isso serve a um espanhol? Mas, senhor, acredita que Jesus tenha uma natureza, uma pessoa e uma vontade? Ou duas naturezas, duas pessoas e duas vontades? Ou uma vontade, uma natureza e duas pessoas? Ou duas vontades, duas pessoas e uma natureza? Ou...

Freind
São outras tantas questões de Éfeso; isso não nos interessa em nada.

O bacharel
Mas o que é que lhes interessa então? Pensam que haja três

pessoas em Deus, ou que haja três deuses numa pessoa? A segunda pessoa procede da primeira pessoa, e a terceira procede das duas outras, ou da segunda *intrinsecus*, ou somente da primeira? O Filho possui todos os atributos do Pai, exceto a paternidade? E essa terceira pessoa vem por infusão ou por identificação ou por expiração?

Freind
O Evangelho não trata dessa questão e São Paulo nunca escreveu o nome Trindade.

O bacharel
Mas o senhor sempre me fala do Evangelho e nunca de São Boaventura nem de Alberto, o Grande, nem de Tamburini nem de Grillandus nem de Escobar.

Freind
É que não sou nem dominicano nem franciscano nem jesuíta; eu me contento em ser cristão.

O bacharel
Mas, se é cristão, diga-me, em sã consciência, o senhor acredita que o resto dos homens seja condenado eternamente?

Freind
Não compete a mim medir a justiça de Deus e sua misericórdia.

O bacharel
Mas afinal, se é cristão, em que acredita então?

Freind
Creio, com Jesus Cristo, que devemos amar a Deus e ao próximo, perdoar as injúrias e reparar os próprios erros. Creiam em mim, adorem a Deus, sejam justos e caridosos: é o que basta para o homem. Essas são máximas de Jesus. São tão verdadei-

ras que nenhum legislador, nenhum filósofo jamais teve outros princípios antes dele e que é impossível que haja outros. Essas verdades nunca tiveram nem podem ter outros adversários senão nossas paixões.

O bacharel
Mas... ah! ah! A propósito de paixões, é verdade que seus bispos, seus padres e seus diáconos são todos casados?

Freind
É realmente verdade. São José, que passou por pai de Jesus, era casado. Teve por filho Tiago, o Menor, cognominado *Oblia*, irmão de Nosso Senhor; depois da morte de Jesus, ele passou a vida no templo. São Paulo, o grande São Paulo, era casado.

O bacharel
Mas Grillandus e Molina dizem o contrário.

Freind
Molina e Grillandus podem dizer o que quiserem, prefiro acreditar no próprio São Paulo, pois diz em sua primeira epístola aos Coríntios (cap. IX): "Não temos o direito de beber e de comer às vossas custas? Não temos o direito de levar conosco nossas mulheres, nossa irmã, como fazem os outros apóstolos e os irmãos de Nosso Senhor e Cefas? Alguém vai por acaso para a guerra a suas próprias custas? Quando se plantou uma vinha, não se come o fruto dela?" etc.

O bacharel
Mas, senhor, é verdade mesmo que São Paulo disse isso?

Freind
Sim, disse isso e muitas outras coisas.

O bacharel
Mas o quê! Esse prodígio, esse exemplo da graça eficaz!...

Freind

É verdade, senhor, que a conversão de Paulo foi um grande prodígio. Confesso que, segundo os *Atos dos Apóstolos*, ele havia sido o mais cruel representante dos inimigos de Jesus. Os *Atos* dizem que havia ajudado a apedrejar Santo Estêvão; ele próprio diz que, quando os judeus condenavam à morte um seguidor de Jesus, era ele quem levava a sentença, *detuli sententiam* (*Atos dos Apóstolos*, cap. XXVI). Confesso que Abdias, seu discípulo, e Júlio Africano, seu tradutor, o acusam também de ter mandado matar Tiago Oblia, irmão de Nosso Senhor[3]; mas sua fúria torna ainda mais admirável sua conversão e não o impediu de encontrar uma mulher. Era casado, afirmo, como São Clemente de Alexandria o declara de forma expressa.

O bacharel

Mas era, portanto, um homem digno, um excelente homem, esse São Paulo! Sinto muito que tenha assassinado São Tiago e Santo Estêvão, e fico muito surpreso que tenha ido ao terceiro céu; mas prossiga, por favor.

Freind

São Pedro, segundo relato de São Clemente de Alexandria, teve filhos e, entre eles, geralmente se conta uma Santa Petronila. Em sua *História da Igreja*, Eusébio diz que São Nicolau, um dos primeiros discípulos, tinha uma belíssima mulher e que os apóstolos o recriminaram por preocupar-se muito com ela e por ter ciúmes dela... "Senhores, lhes disse então, que a tome quem quiser, eu a cedo a vocês."[4]

Na economia judaica, que devia durar eternamente, e à qual no entanto sucedeu a economia cristã, o casamento era não só permitido, mas expressamente ordenado aos sacerdotes, pois que deviam ser da mesma raça; e o celibato era uma espécie de infâmia.

Não há dúvida de que o celibato não tenha sido considera-

---

[3] *História Apostólica de Abdias*. Tradução de Júlio Africano, livro VI, p. 395 e seguintes.
[4] Eusébio, *História da Igreja*, livro IV, cap. XXX.

do como um estado muito puro e muito honroso pelos primeiros cristãos, pois, entre os hereges anatematizados pelos primeiros concílios, encontram-se principalmente aqueles que se insurgiam contra o casamento dos padres, como os saturnianos, os basilidianos, os montanistas, os encratistas, e outros *anos* e *istas*. É por isso que a mulher de um São Gregório Nazianzeno deu à luz outro São Gregório Nazianzeno e teve a inestimável felicidade de ser esposa e mãe de um canonizado, o que não aconteceu nem mesmo a Santa Mônica, mãe de Santo Agostinho.

Aí está por que poderia nomear igual ou maior número de antigos bispos casados do que vocês tiveram outrora de bispos e papas concubinos, adúlteros ou pederastas, coisa que não se encontra mais hoje em nenhum país. Aí está por que a Igreja grega, mãe da Igreja latina, ainda quer que os padres sejam casados. Aí está, enfim, por que eu, que falo, sou casado e tenho o filho mais belo do mundo.

Diga-me, meu caro bacharel, os senhores não têm em sua Igreja sete sacramentos que realmente são todos sinais visíveis de uma coisa invisível? Ora, um bacharel de Salamanca desfruta das vantagens do batismo logo que nasceu; da confirmação, logo que começa a usar calças; da confissão, desde que fez algumas travessuras ou compreende aquelas dos outros; da comunhão, embora um pouco diferente da nossa, logo que chega aos treze ou catorze anos; da ordem, quando é tonsurado no alto da cabeça e lhe dão um benefício de vinte ou trinta ou quarenta mil piastras de renda; finalmente, da extrema-unção, quando está doente. Deve-se privá-lo do sacramento do matrimônio, quando se encontra em plena saúde? Sobretudo depois que o próprio Deus casou Adão e Eva; Adão, o primeiro dos bacharéis do mundo, pois tinha a ciência infusa, segundo sua escola; Eva, a primeira bacharela, pois conheceu a árvore da ciência antes do marido?

O bacharel
Mas, se assim é, não vou mais dizer *mas*. Está feito, sou de sua religião; converto-me em anglicano. Quero casar com uma mulher honesta que sempre fingirá me amar, enquanto eu for jo-

vem, que cuidará de mim na velhice e a quem vou enterrar com todas as honras, se eu lhe sobreviver; prefiro isso a queimar homens e a desonrar moças, como fez meu primo dom Caracucarador, inquisidor da fé.

Esse é o apanhado fiel da conversa que tiveram o doutor Freind e o bacharel dom Papalamiendo, denominado depois por nós Papa Dexando. Esse diálogo curioso foi redigido por Jacob Hulf, um dos secretários de milorde.

Depois desse encontro, o bacharel me chamou de lado e me disse: "Esse inglês, que eu de início achava que fosse antropófago, deve ser um excelente homem, pois é teólogo e não proferiu injúrias contra mim". Eu o informei que o senhor Freind era tolerante e que descendia da filha de William Penn, o primeiro dos tolerantes e fundador de Filadélfia. "Tolerante e Filadélfia! – exclamou. Eu nunca tinha ouvido falar nessas seitas". Deixei-o a par de tudo: não podia acreditar, pensava estar em outro universo, e tinha razão.

Capítulo IV

Volta a Londres – Jenni começa a se corromper

Enquanto nosso digno filósofo Freind esclarecia assim os barceloneses e seu filho Jenni encantava as barcelonesas, milorde Peterborou viu-se perdido no conceito da rainha Anne e naquele do arquiduque, por lhes haver dado Barcelona. Os cortesãos o recriminaram por ter tomado essa cidade contra todas as regras, com um exército menos forte que metade da guarnição. O arquiduque a princípio ficou muito irritado com isso e o amigo Freind foi obrigado a imprimir a apologia do general. Entretanto, esse arquiduque, que viera conquistar o reino da Espanha, não tinha com que pagar seu chocolate. Tudo o que a rainha Anne lhe havia dado se esvaíra. Montecuculli diz, em suas Memórias, que três coisas são necessárias para mover guerra: 1.º dinheiro, 2.º dinheiro, 3.º dinheiro. O arquiduque escreveu de Guadalajara, onde estava a 11 de agosto de 1706, a milorde Peterborou, uma longa carta assinada *yo el rey* (eu el-rei), pela qual o conjurava a que fosse imediatamente a Gênova conseguir-lhe, sob fiança dele, cem mil libras esterlinas, para reinar.[5] Aí está, pois, nosso

---
(5) Está inserida em *Apologie du comte de Peterborou*, do doutor Freind, p. 143.

Sertório transformado de general de exército em banqueiro genovês. Confiou sua aflição ao amigo Freind; ambos foram para Gênova; eu os acompanhei, pois bem sabe que meu coração me trai. Admirei a habilidade e o espírito de conciliação de meu amigo nesse delicado assunto. Vi que um bom espírito pode resolver tudo; nosso grande Locke era médico: e foi o único metafísico da Europa e ainda restabeleceu as finanças da Inglaterra.

Em três dias, Freind conseguiu as cem mil libras esterlinas que a corte de Carlos VI devorou em menos de três semanas. Depois disso, o general, acompanhado de seu teólogo, teve de ir se justificar em Londres, em pleno Parlamento, por ter conquistado a Catalunha contra as regras e por se ter arruinado a serviço da causa comum. O assunto delongou-se em tempo e em amargura como todos os assuntos de partido.

Bem sabe que o senhor Freind havia sido deputado no Parlamento antes de ser padre e que é o único a quem foi permitido exercer essas duas funções incompatíveis. Ora, um dia em que Freind meditava sobre um discurso que devia pronunciar na Câmara dos Comuns, de que era digno membro, lhe anunciaram uma senhora espanhola que pedia para lhe falar sobre assunto urgente. Era a própria dona Boca Bermeja. Estava em prantos; nosso bom amigo mandou que lhe servissem um almoço. Ela enxugou as lágrimas, almoçou e lhe falou desse modo:

– Deve lembrar-se, meu caro senhor, de que, ao seguir para Gênova, ordenou ao senhor seu filho Jenni que partisse de Barcelona para Londres, a fim de assumir o emprego de escrivão que sua influência conseguiu lhe obter. Ele embarcou no *Triton* com o jovem bacharel dom Papa Dexando e alguns outros que o senhor havia convertido. Pode bem imaginar que eu também segui nessa viagem com minha boa amiga Las Nalgas. O senhor sabe que me havia permitido amar o senhor seu filho e que eu o adoro...

– Eu, senhorita! Eu não lhe permiti esse pequeno envolvimento; eu o tolerei; isso é muito diferente. Um bom pai não deve ser nem o tirano de seu filho nem seu intermediário de amores. A fornicação entre duas pessoas livres foi talvez outrora uma espécie de direito natural do qual Jenni pode gozar com discrição, sem que eu me intrometa; não o constranjo mais por causa de suas amantes do que por causa de seu almoço e de seu jantar. Se se tratasse de um adultério, confesso que seria mais intransigente, pois o adultério é um furto; mas quanto a você, senhorita, que não faz mal a ninguém, nada tenho a lhe dizer.

– Pois bem, senhor, é de adultério que se trata! O belo Jenni me abandonou por uma jovem casada que não é tão bonita como eu. Bem vê que é uma injúria atroz.

– Ele está errado – disse então o senhor Freind.

Boca Bermeja, derramando algumas lágrimas, lhe contou como Jenni havia tido ciúmes, ou havia fingido que os tinha, do bacharel; como a senhora Clive-Hart, jovem senhora casada muito atrevida, muito levada, muito masculina, muito má, se havia apoderado de seu espírito; como ele vivia com libertinos que não temiam a Deus; como, enfim, desprezava sua fiel Boca Bermeja pela esperta da Clive-Hart, porque a Clive-Hart tinha um grau ou dois de brancura e de rosado acima da pobre Boca Bermeja.

– Vou examinar esse assunto com mais calma – disse o bom Freind. Agora preciso ir ao Parlamento para tratar do caso de milorde Peterborou.

Foi, portanto, ao Parlamento; eu o ouvi pronunciar um discurso firme e denso, sem nenhum lugar-comum, sem epítetos, sem o que nós chamamos frases; ele não *invocava* um testemunho, uma lei; ele os atestava, os citava, os reclamava; não dizia que haviam *surpreendido a religião* da corte acusando milorde Peterborou por ter arriscado as tropas da rainha Anne, porque não se tratava de um assunto de religião; não prodigalizava a uma conjetura o nome de demonstração; não faltava com o respeito à augusta assembleia por meio de insípidos gracejos burgueses; não chamava milorde Peterborou seu cliente, porque a palavra cliente significa um homem da burguesia protegido por um senador. Freind falava com modéstia tanto quanto com firmeza; todos o escutavam em silêncio; não o interrompiam senão para dizer: "*Hear him, hear him*: ouçam-no, ouçam-no." A Câmara dos Comuns votou para que fossem dirigidos agradecimentos ao conde de Peterborou em vez de condená-lo. Milorde obteve a mesma justiça da Corte dos Pares e se preparou para partir novamente com seu caro Freind, a fim de dar o reino da Espanha ao arquiduque; o que, no entanto, não aconteceu, pela razão que nada acontece neste mundo precisamente como se quer.

Ao sair do parlamento, nada tínhamos de mais urgente do que procurar nos informar a respeito da conduta de Jenni. Ficamos sabendo que, com efeito, levava uma vida dissoluta e devassa com a senhora Clive-Hart e um bando de jovens ateus, aliás, pessoas de espírito, a quem as próprias libertinagens haviam persuadido de que "o homem nada tem de superior ao animal; que nasce e morre como o animal; que ambos são igualmente formados de terra; que voltam igualmente à terra; e que não há nada de bom e sensato senão em se alegrar em suas obras e em viver com aquela a quem se ama", como conclui Salomão no final do capítulo terceiro de seu *Qoheleth*, que nós chamamos *Eclesiastes*.

Essas ideias lhes eram principalmente insinuadas por um tal de Wirburton, malandro maldoso e muito desavergonhado. Li alguma coisa dos manuscritos desse louco: Deus nos livre de vê-los impressos algum dia! Wirburton pretende que Moisés não acreditava na imortalidade da alma; e como, com efeito, Moisés jamais falou a respeito, conclui que é a única prova que sua missão era divina. Essa conclusão absurda leva infelizmente a deduzir que a seita judaica era falsa; os ímpios concluem, por conseguinte, que a nossa, fundada na judaica, também é falsa e que, sendo falsa a nossa, que é a melhor de todas, todas as outras são mais falsas ainda; que, desse modo, não há religião. Disso alguns chegam a concluir que não há Deus. Acrescentem a essas conclusões que esse pequeno Wirburton é um intrigante e um caluniador. Imaginem que perigo!

Outro louco, chamado Needham, que em segredo é jesuíta, vai muito mais longe. Esse animal, como o sabem aliás e como tanto já lhes disseram, imagina que criou enguias com farinha de centeio e banha de carneiro; que imediatamente essas enguias produziram outras, sem cópula. Logo nossos filósofos concluem que se pode fazer homens com farinha de trigo e banha de perdiz, porque devem ter origem mais nobre que aquela das enguias;

pretendem que esses homens produzirão outros incontinenti; que assim não foi Deus quem criou o homem; que tudo se fez por si; que se pode muito bem viver sem Deus; que não há Deus. Imaginem que estragos o *Qoheleth* mal compreendido, e Wirburton e Needham bem compreendidos, não podem fazer em corações jovens movidos de paixões e que só raciocinam de acordo com elas!

Mas o pior de tudo é que Jenni estava enterrado em dívidas até o pescoço; e as pagava de uma maneira estranha. Nesse mesmo dia, enquanto nós estávamos no parlamento, um de seus credores fora lhe cobrar cem guinéus. O belo Jenni, que até então parecia muito dócil e muito cortês, se bateu com ele e, como único pagamento, lhe desferiu um belo golpe de espada. Todos temiam que o ferido viesse a morrer: Jenni ia ser preso e arriscava ser enforcado, apesar da proteção de milorde Peterborou.

Capítulo V

Querem fazer Jenni casar

Isso nos relembra, meu caro amigo, a dor e a indignação que havia experimentado o venerável Freind quando soube que seu querido Jenni se encontrava nas prisões do Santo Ofício, em Barcelona; podem crer que foi tomado de angústia ainda mais violenta ao saber dos excessos desse filho infeliz, de suas libertinagens, de suas dissipações, de sua maneira de pagar seus credores e do perigo de ser enforcado. Mas Freind se conteve. É uma coisa espantosa o domínio que esse homem tem sobre si mesmo. Sua razão comanda seu coração como um bom patrão manda no criado. Faz tudo a propósito e age prudentemente com tanta rapidez como se decidem os imprudentes. "Não é o momento – disse – de pregar sermões a Jenni; é preciso tirá-lo do precipício."

Sabem que nosso amigo havia recebido na véspera uma grande soma da herança de George Hubert, seu tio. Ele próprio vai procurar nosso grande cirurgião Cheselden. Felizmente o encontramos; vamos juntos à casa do credor ferido. O senhor Freind manda examinar seu ferimento; não era mortal. Dá ao paciente os cem guinéus como primeiro pagamento e mais cinquenta como indenização; pede-lhe perdão por seu filho; exprime sua dor com tanto sentimento, com tanta sinceridade, que esse pobre homem, que estava na cama, o abraça chorando e quer lhe devolver o dinheiro. Esse espetáculo surpreendia e comovia o jovem senhor Cheselden, que começa a adquirir grande reputação e cujo coração é tão bondoso como são hábeis seu golpe de vista e sua mão. Eu estava emocionado, estava fora de mim; nunca havia reverenciado e amado tanto nosso amigo.

Voltando para casa, perguntei-lhe se não mandaria chamar seu filho, para repreendê-lo por seus erros. "Não – respondeu –, quero que ele os reconheça antes que eu fale deles. Vamos jantar nós dois esta noite; vamos ver juntos o que a honestidade exige que eu faça. Os exemplos corrigem muito mais do que as repreensões."

Esperando a hora do jantar, fui até a casa de Jenni; encontrei-o como acho que todo homem deve estar depois de seu primeiro crime, pálido, com o olhar perdido, a voz rouca e entrecortada, o espírito agitado, respondendo de modo desconexo a tudo o que se perguntava a ele. Finalmente, contei-lhe o que seu pai acabara de fazer. Ele ficou imóvel, olhou-me fixamente, depois se voltou um instante para verter algumas lágrimas. Tirei bons presságios dessa cena; alimentei grande esperança de que Jenni poderia se tornar um dia um homem realmente honesto. Ia abraçá-lo, quando a senhora Clive-Hart entrou com um jovem estouvado, um de seus amigos, chamado Birton.

– E então? – disse a senhora rindo. – É verdade que mataste um homem hoje? Aparentemente devia ser algum aborrecido; é bom livrar o mundo desse tipo de gente. Quando tiveres vontade de matar outro, peço-te que dês preferência a meu marido, pois ele me aborrece furiosamente.

Eu observava aquela mulher dos pés à cabeça. Era linda, mas me pareceu ter alguma coisa de sinistro na fisionomia. Jenni não ousava responder e baixava os olhos porque eu estava lá.

– Que é que tens, meu amigo? – perguntou Birton. – Parece até que fizeste algum mal; aqui estou para perdoar teu pecado. Olha, aqui está um livrinho que acabo de comprar no Lintot; prova, como dois e dois são quatro, que não há nem Deus nem vício nem virtude: isso é consolador. Vamos beber juntos!

Diante dessas estranhas palavras, retirei-me o mais depressa possível. Fiz ver discretamente ao senhor Freind quanto seu filho tinha necessidade de sua presença e de seus conselhos. "Penso a mesma coisa – disse esse bom pai –, mas vamos começar pagando suas dívidas." Todas foram quitadas na manhã seguinte. Jenni veio prostrar-se a seus pés. Poderiam acreditar que o pai não lhe dirigiu nenhuma recriminação? Ele a abandonou à própria consciência, dizendo-lhe apenas: "Meu filho, lembra-te de que não há felicidade sem a virtude".

Em seguida, celebrou o casamento de Boca Bermeja com o bacharel da Catalunha, por quem ela sentia uma inclinação secreta, apesar das lágrimas que havia derramado por Jenni: de fato, tudo isso se combina maravilhosamente nas mulheres. Dizem que é em seus corações que todas as contradições se reúnem. Sem dúvida é porque na origem foram formadas de uma de nossas costelas.

O generoso Freind pagou o dote do casal; deixou bem empregados todos os seus novos convertidos, graças à proteção de milorde Peterborou: pois, não basta assegurar a salvação dos outros, é preciso dar-lhes condições de viver.

Tendo concluído todas essas boas ações com esse sangue-frio ativo que sempre me surpreendia, concluiu também que não havia outro meio a seguir para recolocar o filho no caminho dos homens honestos do que fazê-lo casar com uma moça de boa nascença, que tivesse beleza, caráter, inteligência e até mesmo um pouco de riqueza; era esse o único meio de afastar Jenni dessa detestável Clive-Hart e dos perdidos que ele frequentava.

Eu tinha ouvido falar da senhorita Primerose, jovem herdeira, criada por milady Hervey, sua parenta. Milorde Peterborou me apresentou na casa de milady Hervey. Vi miss Primerose e julguei que era bem capaz de satisfazer todos os desígnios de meu amigo Freind. Jenni, em sua vida desregrada, tinha um profundo respeito e mesmo ternura por seu pai. O que mais o sensibilizava é que seu pai não lhe fazia nenhuma recriminação sobre sua conduta passada. Suas dívidas quitadas sem avisá-lo, sábios conselhos dados a propósito e sem repreensões, mostras de amizade que escapavam de tempos em tempos, sem nenhuma familiaridade que pudesse aviltá-las, tudo isso penetrava em Jenni, que nascera sensível e com muita inteligência. Eu tinha todas as razões para acreditar que a fúria de suas desordens haveria de ceder aos encantos de Primerose e às admiráveis virtudes de meu amigo.

O próprio milorde Peterborou apresentou primeiro o pai e depois Jenni em casa de milady Hervey. Notei que a extrema beleza de Jenni causou logo uma impressão profunda no coração de Primerose, pois a vi baixar os olhos, erguê-los e enrubescer. Jenni mostrou-se apenas cortês e Primerose confessou a milady Hervey que desejaria muito que essa cortesia fosse amor.

Pouco a pouco o nosso belo jovem foi descobrindo todo o mérito dessa incomparável moça, embora estivesse subjugado pela infame Clive-Hart. Era como aquele índio convidado por um anjo a colher um fruto celeste e retido pelas garras de um dragão. Nesse momento, a lembrança do que vi me sufoca. Minhas lágrimas molham o papel. Quando tiver recobrado meus sentidos, vou retomar o fio de minha história.

Capítulo VI

Aventura assustadora

Estava próxima a celebração do casamento da bela Primerose com o belo Jenni. Nosso amigo Freind jamais havia degustado alegria mais pura; eu a compartilhava. Eis como foi transformada num desastre que mal posso compreender.

A Clive-Hart amava Jenni, sem deixar de traí-lo continuamente. É a sorte, dizem, de todas as mulheres que, desprezando demais o pudor, renunciaram à probidade. Ela traía principalmente seu querido Jenni com seu querido Birton e com outro libertino da mesma têmpera. Viviam juntos na devassidão. E o que talvez não se veja senão em nosso país é que todos eles tinham espírito e valor. Infelizmente nunca tinham tanto espírito como contra Deus. A casa da senhora Clive-Hart era o ponto de encontro dos ateus. Se ao menos fossem ateus honrados, como Epicuro e Leontium, como Lucrécio e Memmius, como Spinoza, que dizem ter sido um dos homens mais honestos da Holanda; como Hobbes, tão fiel a seu desafortunado monarca Carlos I... Mas!...

Como quer que seja, Clive-Hart, furiosamente enciumada da terna e inocente Primerose, sem que fosse fiel a Jenni, não podia suportar esse feliz casamento. Ela medita uma vingança da qual não creio que haja exemplo em nossa cidade de Londres, onde no entanto nossos pais viram tantos crimes e de tantas espécies.

Soube que Primerose devia passar diante de sua porta ao voltar do centro da cidade, onde essa jovem fora fazer compras com sua camareira. A outra aproveita esse tempo para mandar consertar um encanamento subterrâneo que levava água para sua casa.

A carruagem de Primerose, ao retornar, foi obrigada a parar diante desse obstáculo. A Clive-Hart apresenta-se, pede-lhe que desça, que descanse um pouco, que aceite alguns refrescos, esperando que a passagem fique desimpedida. A bela Primerose tremia diante desse convite, mas Jenni estava no vestíbulo. Um movimento involuntário, mais forte que a reflexão, levou-a a descer. Jenni correu a seu encontro, oferecendo-lhe a mão. Ela entra; o marido da Clive-Hart era um bêbado imbecil, odioso a sua mulher tanto quanto submisso e talvez por suas complacências. Balbuciando, oferece primeiro uns refrescos à senhorita que honra sua casa e se serve também depois dela. A senhora Clive-Hart retira-os logo e manda servir outros. Nesse meio-tempo, a rua é desimpedida e Primerose sobe na carruagem e volta à casa da mãe.

Um quarto de hora depois, ela se queixa de náuseas e vertigens. Acreditam que esse pequeno desarranjo não passa do efeito do movimento da carruagem. Mas o mal aumenta de momento a momento e no dia seguinte estava às portas da morte. O senhor Freind e eu corremos até sua residência. Encontramos essa encantadora criatura pálida, lívida, agitada por convulsões, os lábios contraídos, os olhos ora apagados, ora fulgurantes, e sempre fixos. Manchas negras desfiguravam sua bela garganta e seu belo rosto. Sua mãe estava desmaiada ao lado da cama. O prestativo Cheselden prodigalizava em vão todos os recursos de sua arte. Não vou descrever o desespero de Freind; era inexprimível. Corro à casa da Clive-Hart. Sou informado de que seu marido acaba de morrer e que sua mulher havia fugido de casa. Procuro Jenni; impossível encontrá-lo. Uma criada me conta que sua patroa se havia prostrado aos pés de Jenni, conjurando-o para que não a abandonasse em sua desgraça; diz ainda que havia partido com Jenni e Birton e que ninguém sabe para onde foram.

Arrasado com tantos golpes, tão repentinos e múltiplos, o espírito agitado por terríveis suspeitas que eu repelia e que voltavam, arrasto-me até a casa da moribunda. "Entretanto – dizia comigo mesmo – se essa abominável mulher se prostrou aos joelhos de Jenni, se lhe rogou ter piedade dela, então ele não é cúmplice. Jenni é incapaz de um crime tão covarde, tão medonho, que não teria nenhum interesse, nenhum motivo para cometer, que o privaria de uma mulher adorável e de sua fortuna, que o tornaria execrável ao gênero humano. Fraco, ter-se-á deixado subjugar por uma infeliz cuja perfídia não terá conhecido. Não viu, como eu, Primerose expirando; não teria deixado a cabeceira de sua cama para seguir a envenenadora de sua mulher."

Devorado por esses pensamentos, entro tremendo na casa daquela que não esperava mais encontrar com vida. Ela respirava. O velho Clive-Hart havia sucumbido num instante, porque seu corpo estava desgastado pelos excessos; mas a jovem Primerose era sustentada por uma natureza tão robusta como pura era sua alma. Ela percebeu minha presença e com voz terna me perguntou onde estava Jenni. A essas palavras, confesso que uma torrente de lágrimas rolou de meus olhos. Não pude lhe responder; não consegui falar ao pai. Foi preciso deixá-la, enfim, entre as mãos fiéis que a serviam.

Fomos informar milorde dessa desgraça. Conhecem seu coração: é tão terno para com os amigos como terrível para com seus inimigos. Jamais um homem se mostrou tão compassivo com a mais dura fisionomia. Ele se deu tanto trabalho para socorrer a moribunda, para descobrir o refúgio de Jenni e de sua celerada como se dera antes para dar a Espanha ao arquiduque. Todas as nossas investigações foram inúteis. Acreditei que Freind fosse morrer de desgosto. Corríamos ora à casa de Primerose, cuja agonia se prolongava, ora a Rochester, a Douvres, a Portsmouth; enviávamos mensageiros a toda parte, estávamos em toda parte, andávamos ao acaso como cães de caça que perderam a pista; e, enquanto isso, a infeliz mãe da desafortunada Primerose via de hora a hora sua filha morrendo.

Finalmente, ficamos sabendo que uma mulher bastante jovem e bonita, acompanhada de três jovens e alguns criados, havia embarcado em Neuport, no condado de Pembroke, num pequeno navio cheio de contrabandistas, que ali estava ancorado, e que esse navio já partira para a América setentrional.

Freind, a essa notícia, lançou um profundo suspiro; depois, concentrou-se um momento e, apertando minha mão, disse:
— Tenho de ir para a América.
Cheio de admiração e aos prantos, lhe falei:
— Não vou abandoná-lo. Mas que pode fazer?
— Trazer meu filho único — disse — a sua pátria e à virtude, ou sepultar-me ao lado dele.

Não podíamos duvidar, com efeito, pelos indícios que nos forneceram, de que era Jenni que havia embarcado com essa horrível mulher e Birton e os demais malandros de seu cortejo.

O bom pai, tendo tomado sua decisão, despediu-se de milorde Peterborou, que logo regressou à Catalunha, e nós fomos fretar em Bristol um navio com destino à costa de Delaware e à baía de Maryland. Freind concluía que, estando essa área no meio das possessões inglesas, para lá deveríamos navegar, tivesse o filho rumado para o sul ou para o norte. Muniu-se de dinheiro, de letras de câmbio e de víveres, deixando em Londres um empregado de confiança com o encargo de lhe mandar notícias pelos navios que partiam semanalmente para Maryland ou para a Pensilvânia.

Partimos; o pessoal de bordo, vendo a serenidade no rosto de Freind, julgava que fazíamos uma viagem de lazer. Mas, quando tinha só a mim por testemunha, seus suspiros deixavam transparecer sua profunda dor. Algumas vezes eu me congratulava em segredo pela honra de consolar tão bela alma. Um vento de oeste nos reteve longo tempo na altura das ilhas Sorlingues. Fomos obrigados a desviar nossa rota para a Nova Inglaterra. Quantas informações tomamos por toda a costa! Quanto tempo e quantos cuidados perdidos! Por fim, soprou um vento do nordeste e rumamos para Maryland. Foi lá que nos deram notícias de Jenni, da Clive-Hart e de seus companheiros.

Haviam permanecido ao longo da costa por mais de um mês e haviam surpreendido toda a colônia com a libertinagem e pompa até então desconhecidas naquela parte do globo; depois haviam desaparecido e ninguém sabia notícias deles.

Avançamos pela baía com a intenção de ir até Baltimore colher novas informações.

Capítulo VII

O que aconteceu na América

Avistamos na rota, à direita, uma habitação muito bem construída. Era uma casa baixa, cômoda e limpa, entre um celeiro espaçoso e um vasto estábulo, tudo cercado de um pomar onde eram cultivadas todas as árvores frutíferas da região. Essa propriedade pertencia a um velho que nos convidou a desembarcar em seu recanto. Ele não tinha a fisionomia de um inglês e logo vimos, por seu sotaque, que era um estrangeiro. Ancoramos e descemos; esse simpático homem nos recebeu cordialmente e nos ofereceu a melhor refeição que se possa fazer no novo mundo.

Nós lhe insinuamos discretamente nosso desejo de saber a quem devíamos a bondade de ser bem recebidos.

– Sou – disse ele – um desses que vocês chamam selvagens. Nasci numa das montanhas azuis que bordam esta região e que podem ver a ocidente. Uma grande e vil serpente com chocalho me havia mordido, quando menino, numa dessas montanhas e eu estava abandonado; ia morrer. O pai de lorde Baltimore de hoje me encontrou, me entregou aos cuidados de seu médico e a ele devo minha vida. Logo lhe retribuí o que lhe devia, pois salvei sua vida durante um combate contra uma horda vizinha. Como recompensa, me deu esta casa, onde vivo feliz.

O senhor Freind lhe perguntou se era da mesma religião de lorde Baltimore.

— Eu? — respondeu. Eu sou da minha. Por que haveria de querer que eu fosse da religião de outro homem?

Essa resposta curta e enérgica nos fez refletir um pouco.

— Então — lhe disse eu — o senhor tem seu Deus e sua lei?

— Sim — respondeu, com uma segurança que nada tinha de altivez. Lá está meu Deus — e apontou para o céu — e minha lei está aqui — e pôs a mão no coração.

O senhor Freind ficou admirado e, apertando minha mão, disse:

— Essa pura natureza sabe mais que todos os bacharéis que discutiram conosco em Barcelona.

Estava ansioso por saber, se fosse possível, uma notícia certa de seu filho Jenni. Era um peso que o oprimia. Perguntou se não tinham ouvido falar daquele bando de jovens que havia feito tanto estardalhaço nas redondezas.

— Como? — disse o velho. Se me falaram! Eu mesmo os vi, hospedei-os em casa e ficaram tão satisfeitos com minha recepção que partiram com uma de minhas filhas.

Imaginem qual não foi o choque e o terror de meu amigo a essas palavras. Não pôde deixar de exclamar, num primeiro impulso:

— O quê! Sua filha foi raptada por meu filho!

— Bom inglês — retrucou o velho —, não se decepcione; estimo muito que aquele que partiu de minha casa com minha filha seja seu filho, pois é belo, bem apessoado e parece corajoso. Ele não raptou minha querida Paruba; pois deve saber que Paruba é seu nome, porque Paruba é o meu. Se ele tivesse raptado minha Paruba, seria um roubo; e meus cinco filhos homens, que agora estão caçando pela vizinhança, a quarenta ou cinquenta milhas daqui, não teriam suportado essa afronta. É um grande pecado roubar o bem alheio. Minha filha foi por sua livre vontade com esses jovens; quis visitar o país; é uma pequena satisfação que não se deve recusar a uma pessoa da idade dela. Esses viajantes a devolverão em menos de um mês; tenho certeza disso, pois assim me prometeram.

Essas palavras me teriam feito rir, se a dor em que eu via mergulhado meu amigo não tivesse penetrado em minha alma, que estava igualmente tomada por essa dor.

À noite, quando estávamos prestes a partir, aproveitando o vento, chega um dos filhos de Paruba, quase sem fôlego, com a palidez, o horror e o desespero estampados no rosto.

– Que tens, meu filho? De onde vens? Eu achava que estavas caçando. Que te aconteceu? Foste fendo por algum animal selvagem?

– Não, meu pai, não fui ferido, mas estou morrendo.

– Mas de onde vens, ainda vez mais, meu querido filho?

– De quarenta milhas de distância daqui sem parar; mas estou morto.

O pai, todo trêmulo, o faz descansar. Dão-lhe estimulantes; nós todos o cercamos, seus irmãos menores, suas irmãs pequenas, o senhor Freind, eu e nossos criados. Depois de recobrar suas energias, lançou-se ao pescoço do bom velho Paruba.

– Ah! – disse, soluçando. – Minha irmã Paruba é prisioneira de guerra e provavelmente vai ser devorada.

A essas palavras, o velho Paruba caiu por terra. O senhor Freind, que também era pai, sentiu suas entranhas se comoverem. Por fim, Paruba filho nos informou que um bando de jovens ingleses muito estouvados havia atacado, como passatempo, habitantes da montanha azul.

– Tinham com eles – disse o jovem – uma bela mulher e sua criada; não sei como minha irmã se encontrava em companhia deles. A bela inglesa foi morta e comida; minha irmã foi feita prisioneira e será igualmente devorada. Venho aqui procurar socorro contra os habitantes da montanha azul; quero matá-los, comê-los por minha vez, recuperar minha irmã ou morrer.

Foi então a vez do senhor Freind desmaiar; mas o hábito de dominar-se o sustentou.

– Deus me deu um filho – me disse. Retomará o filho e o pai, quando o momento de executar seus desígnios eternos tiver chegado. Meu amigo, sou tentado a crer que Deus age às vezes por meio de uma providência particular, submetida a suas leis gerais, uma vez que pune na América os crimes cometidos na Europa e que a celerada Clive-Hart morreu como devia morrer. Talvez o soberano fabricador de tantos mundos tenha disposto as coisas de modo que os grandes crimes cometidos num globo sejam algumas vezes expiados nesse mesmo globo. Não ouso acreditar nisso, mas o desejo; e acreditaria nisso, se essa ideia não fosse contrária a todas as regras da boa metafísica.

Depois de reflexões tão tristes sobre tão fatais aventuras, muito comuns na América, Freind tomou imediatamente sua decisão, como costumava.

– Tenho um navio – disse a seu hospedeiro –, está provido de muitas coisas; vamos subir pelo golfo com a maré até o mais perto que pudermos das montanhas azuis. Meu objetivo mais urgente neste momento é salvar sua filha. Vamos ao encontro de seus antigos compatriotas; deverá dizer a eles que venho lhes oferecer o cachimbo da paz e que sou neto de Penn: só este nome bastará.

A esse nome Penn, tão venerado em toda a América boreal, o bom Paruba e seu filho se sentiram tomados do mais profundo respeito e da mais grata esperança. Embarcamos, içamos as velas e, em trinta e seis horas, já estávamos desembarcando perto de Baltimore.

Estávamos apenas à vista dessa pequena praça, então quase deserta, quando divisamos ao longe um numeroso grupo de habitantes das montanhas azuis que descia para a planície, todos armados com maças, machados e esses mosquetes que os europeus tão tolamente lhes haviam vendido em troca de peles. Já se ouviam seus terríveis gritos. De outro lado, avançavam quatro cavaleiros, seguidos de alguns homens a pé. Essa pequena tropa nos tomou por gente de Baltimore que vinha combatê-los. Os cavaleiros correm em direção a nós a toda brida, com o sabre em punho. Nossos companheiros se preparavam para recebê-los. O senhor Freind, depois de olhar fixamente os cavaleiros, estremeceu por um momento; mas, retomando imediatamente seu sangue-frio habitual, nos disse com voz comovida:

– Não se movam, meus amigos; deixem-me agir sozinho.

De fato, avança sozinho, sem armas, a passo lento, ao encontro da tropa. Num momento vemos o chefe largar as rédeas de seu cavalo, prostrar-se por terra e cair prosternado. Lançamos um grito de espanto; aproximamo-nos: era o próprio Jenni que banhava de lágrimas os pés de seu pai, que o abraçava com suas mãos trêmulas. Nenhum dos dois conseguia falar. Birton e os dois jovens cavaleiros que o acompanhavam apearam do cavalo. Mas Birton, mantendo sua pose de sempre, lhe disse:

– Por Deus! Meu caro Freind, eu não te esperava por aqui. Tu e eu fomos feitos para as aventuras. Por Deus! Estou feliz por te ver.

Freind, sem se dignar a lhe responder, voltou-se para o exército das montanhas azuis que avançava. Caminhou em sua direção apenas com Paruba, que servia de intérprete.

– Compatriotas – lhes disse Paruba –, aqui está o descendente de Penn, que lhes traz o cachimbo da paz.

A essas palavras, respondeu o mais antigo do povo, erguendo as mãos e os olhos ao céu:

– Um filho de Penn! Que eu beije seus pés e suas mãos e suas partes sagradas da geração! Que possa procriar uma longa raça de Penn! Que os Penn vivam para sempre! O grande Penn é nosso Manitu, nosso Deus. Foi quase o único dos homens da Europa que não nos enganou, que não se apoderou de nossas terras pela força. Comprou a região que lhe cedemos; pagou-a liberalmente; manteve a concórdia entre nós; trouxe remédios para as poucas doenças que nosso comércio com homens da Europa nos transmitia; ele nos ensinou artes que ignorávamos. Jamais fumamos contra ele nem contra seus filhos o cachimbo da guerra; para os Penn, só temos o cachimbo da adoração.

Depois de falar desse modo em nome de seu povo, de fato correu para beijar os pés e as mãos do senhor Freind; mas se absteve de chegar às partes sagradas quando lhe disseram que isso não era costume na Inglaterra e que cada país tem suas cerimônias.

Freind mandou trazer imediatamente umas trinta peças de

presunto, outros tantos pastéis e frangos recheados e duzentos garrafões de vinho de Pontac, descarregados do navio; chamou a seu lado o comandante das montanhas azuis. Jenni e seus companheiros tomaram parte no festim; mas Jenni preferia estar a cem pés debaixo do chão. Seu pai não lhe dizia palavra; e esse silêncio aumentava ainda mais sua vergonha.

Birton, para quem tudo era igual, mostrava uma alegria avoada. Antes de começar a comer, Freind disse ao bom Paruba: "Só falta aqui uma pessoa muito querida, sua filha". O comandante das montanhas azuis mandou buscá-la imediatamente; não lhe tinham feito nenhum ultraje; ela abraçou seu pai e seu irmão, como se voltasse de um passeio.

Aproveitei da liberdade da refeição para perguntar por qual razão os guerreiros das montanhas azuis haviam matado e devorado a senhora Clive-Hart, e nada tinham feito à filha de Paruba.

– É porque somos justos – respondeu o comandante. Essa orgulhosa inglesa era do bando que nos atacou; matou um dos nossos com um tiro de pistola, disparado pelas costas. Nada fizemos a Paruba, porque ficamos sabendo que era filha de um dos nossos antigos camaradas e que só tinha vindo aqui para se divertir; é preciso dar a cada um segundo suas obras.

Freind ficou impressionado com essa máxima, mas observou que o costume de devorar mulheres era indigno de tão brava gente e que, com tantas virtudes, eles não deviam ser antropófagos.

O chefe das montanhas nos perguntou então o que fazíamos com nossos inimigos, depois de matá-los.

– Nós os enterramos – lhe respondi.

– Entendo – retrucou. Vocês os dão de comer aos vermes. Nós queremos ter a preferência; nossos estômagos são uma sepultura mais honrosa.

Birton se divertiu em sustentar a opinião das montanhas azuis. Disse que o costume de colocar o próximo na panela ou no espeto era o mais antigo e o mais natural, pois já o haviam encontrado estabelecido nos dois hemisférios; que estava, por conseguinte, provado que se tratava de uma ideia inata; que se havia dado caça aos homens antes de ir à caça de animais, pela razão que era bem mais fácil matar um homem do que matar um lobo; que, se os judeus, em seus livros por tanto tempo ignorados, imaginaram que um tal de Caim matou um tal de Abel, talvez fosse apenas para comê-lo; que esses mesmos judeus confessam claramente ter se alimentado várias vezes de carne humana; que, segundo os melhores historiadores, os judeus devoraram as carnes sangrentas dos romanos assassinados por eles no Egito, em Chipre, na Ásia, quando de suas revoltas contra os imperadores Trajano e Adriano.

Nós o deixamos proferir esses duros gracejos, cujo fundo podia infelizmente ser verdadeiro, mas que nada tinham do aticismo grego e da urbanidade romana.

O bom Freind, sem lhe responder, dirigiu a palavra aos nativos. Paruba o interpretava, frase por frase. Jamais o grave Tillotson falou com tanta energia, jamais o insinuante Smalridge teve graças tão tocantes. O grande segredo está em demonstrar com eloquência. Ele lhes demonstrou, portanto, que esses festins, onde é servida a carne dos próprios semelhantes, são refeições de abutres e não de homens; que esse execrável costume inspira uma ferocidade destrutiva do gênero humano; que era a razão pela qual eles não conheciam nem as consolações da sociedade nem o cultivo da terra; por fim, juraram por seu grande Manitu que não comeriam mais nem homens nem mulheres.

Freind, numa só conversa, se impôs como seu legislador; era Orfeu que dominava os tigres. Os jesuítas agem inutilmente ao se atribuir milagres em suas *Cartas curiosas e edificantes*, que raramente são uma e outra coisa, jamais poderão se igualar a nosso amigo Freind.

Após haver cumulado de presentes os senhores das montanhas azuis, levou de volta para casa, a bordo de seu navio, o bom Paruba. O jovem Paruba voltou com sua irmã; os outros irmãos prosseguiram sua caçada, pelos lados da Carolina. Jenni, Birton e seus camaradas embarcaram no navio. O sábio Freind persistia sempre em seu método de não dirigir nenhuma repreensão a seu filho quando esse malandro tivesse cometido alguma má ação; deixava-o examinar-se a si mesmo e devorar seu próprio coração, como diz Pitágoras. Entretanto, tomou três vezes a carta que lhe haviam expedido da Inglaterra e, enquanto a relia, olhava seu filho, que sempre baixava os olhos; lia-se no rosto desse jovem o respeito e o arrependimento.

Quanto a Birton, estava tão alegre e desenvolto como se voltasse de um teatro de comédia: era um caráter mais ou menos ao gosto do falecido conde de Rochester, extremo na libertinagem, na bravura, em suas ideias, em suas expressões, em sua filosofia epicurista, sem estar ligado a nada a não ser às coisas extraordinárias, com as quais logo se aborrecia; com esse tipo de espírito que toma as verossimilhanças por demonstrações, mais sábio, mais eloquente que qualquer jovem de sua idade, mas sem nunca se ter dado ao trabalho de aprofundar nada.

Escapou ao senhor Freind, enquanto jantava conosco a bordo, me dizer:

— Na verdade, meu amigo, espero que Deus inspire costumes mais honestos a esses jovens e que o terrível exemplo da Clive-Hart os possa corrigir.

Tendo ouvido essas palavras, Birton lhe disse em tom um pouco desdenhoso:

— Fazia muito que eu não estava realmente descontente com essa malvada Clive-Hart: não me importo mais com ela do que com uma franga gorda que tivessem colocado no espeto. Mas, falando sério, pensa que exista, não sei onde, um ser continuamente ocupado em punir todas as mulheres malvadas e todos os homens perversos que povoam e despovoam os quatro cantos de nosso pequeno mundo? Esquece que nossa detestável Maria, filha de Henrique VIII, foi feliz até a morte? E no entanto havia feito morrer nas chamas mais de oitocentos cidadãos e cidadãs, sob o único pretexto de que não acreditavam nem na transubstanciação nem no papa. Seu pai, quase tão bárbaro quanto ela, e seu marido, mais profundamente mau, viveram nos prazeres. O papa Alexandre VI, mais criminoso que todos eles, foi também o mais afortunado: todos os seus crimes lhe saíram bem e morreu aos setenta e dois anos, poderoso, rico, cortejado por todos os reis. Onde está, pois, o Deus justo e vingador? Não, por Deus! Não existe Deus.

O senhor Freind, com um ar austero mas tranquilo, lhe disse:

– Senhor, não deveria, me parece, jurar pelo próprio Deus, se esse Deus não existe. Pense que Newton e Locke jamais pronunciaram esse nome sagrado sem um ar de recolhimento e de adoração secreta que foi notado por todo o mundo.

– *Pox*! – exclamou Birton. Pouco me importa a cara que dois homens tenham feito. Que cara tinha, pois, Newton quando comentava o *Apocalipse*? E que careta fazia Locke quando narrava a conversa de um papagaio com o príncipe Maurício?

Então Freind pronunciou estas belas palavras de ouro que se gravaram em meu coração:

– Esqueçamos os sonhos dos grandes homens e lembremo-nos das verdades que eles nos ensinaram.

Essa resposta provocou uma disputa regular, mais interessante que a conversa com o bacharel de Salamanca. Fiquei num canto e anotei tudo quanto foi dito; todos se dispuseram em torno dos dois contendores; o velho Paruba, seu filho, e principalmente sua filha, os companheiros de libertinagem de Jenni escutavam, alongando o pescoço, com os olhos fixos; Jenni, de cabeça baixa, os dois cotovelos sobre os joelhos, as mãos tapando os olhos, parecia mergulhado na mais profunda meditação.

Aqui transcrevo, palavra por palavra, a discussão.

Capítulo VIII

Diálogo entre Freind e Birton sobre o ateísmo

Freind
Não lhe repetirei, senhor, os argumentos metafísicos de nosso célebre Clarke. Aconselho-o somente a relê-los; são mais apropriados para esclarecê-lo do que para comovê-lo: não quero invocar senão razões que talvez falem mais a seu coração.

Birton
Com muito prazer; quero que me divirtam e que me interessem; odeio os sofismas: as discussões metafísicas se assemelham a balões cheios de vento que os combatentes atiram um contra o outro. As bexigas estouram, o ar escapa e não sobra nada.

Freind
Talvez nas profundezas do respeitável ariano Clarke haja algumas obscuridades, algumas bexigas; talvez se tenha enganado sobre a realidade do infinito atual e do espaço etc.; talvez, fazendo-se comentador de Deus, tenha imitado algumas vezes os comentadores de Homero, que lhe atribuem ideias que a Homero jamais ocorreram.

A essas palavras infinito, espaço, Homero, comentadores, o bom Paruba e sua filha, e até alguns ingleses, resolveram ir tomar ar no tombadilho; mas Freind, prometendo ser inteligível, eles ficaram; e eu explicava em voz baixa a Paruba algumas palavras um pouco científicas que pessoas nascidas nas montanhas azuis não podiam compreender tão comodamente como doutores de Oxford e de Cambridge.

O amigo Freind continuou, portanto:

Seria triste que, para ter certeza da existência de Deus, fosse necessário ser um profundo metafísico: não haveria, quando muito na Inglaterra, mais que uma centena de espíritos bem versados ou reversados nessa árdua ciência do pró e do contra que fosse capaz de sondar esse abismo e o resto da terra inteira se estagnaria numa ignorância invencível, abandonado a suas paixões brutais, governado tão somente pelo instinto e só raciocinando sofrivelmente sobre as grosseiras noções de seus interesses carnais. Para saber se há um Deus, só peço uma coisa: abrir os olhos.

Birton
Ah! já entendi: o senhor recorre a esse velho e tão batido argumento de que o sol gira em torno de seu eixo em vinte e cinco dias e meio, a despeito da absurda Inquisição de Roma; que a luz nos chega refletida de Saturno em catorze minutos, apesar das suposições absurdas de Descartes; que cada estrela fixa é um sol como o nosso, cercado de planetas; que todos esses astros inumeráveis, colocados nas profundezas do espaço, obedecem às leis matemáticas descobertas e demonstradas pelo grande Newton; que um catequista anuncia Deus às crianças e que Newton o prova aos sábios, como disse um filósofo *frenchman*, perseguido em seu engraçado país por tê-lo dito.

Não se atormente em me expor essa ordem constante que reina em todas as partes do universo: realmente é necessário que tudo o que existe deva estar numa ordem qualquer; realmente é necessário que a matéria mais rarefeita se eleve acima da mais maciça, que o mais forte em todos os sentidos deve fazer pressão sobre o mais fraco, que aquilo que é impulsionado com maior movimento deva correr mais depressa que seu igual; tudo se arranja assim por si mesmo. Seria inútil, depois de ter bebido uma medida de vinho, como Esdras, me falar como ele novecentas e sessenta horas seguidas, sem fechar a boca, nem por isso eu acreditaria mais no senhor. Gostaria de que eu adotasse um ser eterno, infinito e imutável, a quem aprouve, não sei em que tempo, criar do nada coisas que mudam a todo instante e fazer aranhas para destripar moscas? Gostaria de que eu dissesse, com esse tagarela impertinente de Nieuventyd, que "Deus nos deu ouvidos para termos fé, porque a fé nos vem por ouvir dizer"? Não, não, não acreditarei em charlatães que venderam caro suas drogas a imbecis; prefiro ficar com um pequeno livro de um *frenchman* que diz que nada existe e nada pode existir, senão a natureza; que a natureza faz tudo, que a natureza é tudo, que é impossível e contraditório que exista alguma coisa além do tudo; numa palavra, só creio na natureza.

Freind
E se eu lhe dissesse que não há natureza e que em nós, em torno de nós e a cem milhões de léguas tudo é arte sem nenhuma exceção?!

Birton
Como! Tudo é arte! Aí vem mais outra!

Freind
Quase ninguém presta atenção nisso; entretanto, nada é mais verdadeiro. Eu lhe diria sempre: "Sirva-se de seus olhos e reconhecerá, adorará um Deus. Pense em como esses globos imensos, que vê girar em sua imensa corrida, observam as leis de uma profunda matemática: há, pois, um grande matemático, que Platão chamava o eterno geômetra. Você admira essas máquinas recém-inventadas, que são chamadas *oreri*, porque milorde Oreri as pôs em moda, protegendo o operário com suas liberalidades; é uma cópia muito fraca de nosso mundo planetário e de suas revoluções, o próprio período da mudança dos solstícios e dos equinócios, que nos traz dia após dia uma nova estrela polar.

Esse período, esse curso tão lento de cerca de vinte e seis mil anos, não pôde ser executado por mãos humanas em nosso *oreri*. Essa máquina é muito imperfeita: é preciso acioná-la com uma manivela; no entanto, é uma obra-prima da habilidade de nossos artífices. Julgue, pois, qual é o poder, qual é o gênio do eterno arquiteto, se pudermos nos servir desses termos impróprios, tão mal adequados ao ser supremo.

Dei a Paruba uma leve ideia de um oreri. *Ele disse: "Se há gênio nessa cópia, deve haver sem dúvida no original. Gostaria de ver um* oreri; *mas o céu é mais belo". Todos os assistentes, ingleses e americanos, ao ouvir essas palavras, sentiram-se igualmente tocados pela verdade e ergueram as mãos para o céu. Birton permaneceu pensativo, depois exclamou: "O quê! Tudo seria arte e a natureza não seria mais que a obra de um supremo artesão! Será possível?".*
O sábio Freind continuou assim:

Volta agora os olhos para si mesmo; examine com que arte espantosa, e jamais bastante conhecida, tudo está construído, por dentro e por fora, para todos os seus usos e todos os seus desejos; não pretendo dar aqui uma lição de anatomia; bem sabe que não há uma víscera que não seja necessária e que não seja socorrida, quando em perigo, pelo jogo contínuo das vísceras vizinhas. Os socorros no corpo estão tão artificiosamente preparados de todos os lados que não há nenhuma veia que não tenha suas válvulas e suas eclusas para abrir passagem ao sangue. Desde a raiz dos cabelos até os artelhos dos pés, tudo é arte, tudo é preparação, meio e fim. E, na verdade, só se pode sentir indignação contra aqueles que ousam negar as verdadeiras causas finais e que têm bastante má-fé ou fúria para dizer que a boca não é feita para falar e para comer; nem que os olhos não estejam maravilhosamente dispostos para ver, nem as orelhas para ouvir, nem as partes da geração para gerar. Essa audácia é tão louca que tenho dificuldade em compreendê-la.
Confessemos que cada animal dá testemunho do supremo fabricador.
A menor erva basta para confundir a inteligência humana,

e isso é tão verdade que é impossível aos esforços de todos os homens reunidos produzir um fiapo de palha se o germe não estiver na terra; e não se deve dizer que os germes apodrecem para produzir, pois essas tolices não se dizem mais.

A assembleia sentiu a verdade dessas provas mais vivamente que todo o resto, porque eram mais palpáveis. Birton dizia entre dentes: "Será preciso submeter-me a reconhecer um Deus? Veremos isso, por Deus! É um assunto a examinar". Jenni sonhava sempre profundamente e estava comovido; e nosso Freind terminou seu pensamento:

Não, meus amigos, nós não fazemos nada; nada podemos fazer; o que nos é dado é organizar, unir, desunir, numerar, pesar, medir; mas fazer! Que palavra! Só mesmo o ser necessário, o ser eternamente existente por si mesmo é quem faz; aí está por que os charlatães que procuram a pedra filosofal são tão grandes imbecis ou tão grandes velhacos. Vangloriam-se de criar ouro, mas seriam incapazes de criar lama.

Confessemos, pois, meus amigos, que há um ser supremo, necessário, incompreensível, que nos fez.

Birton
E onde está esse ser? Se há um, por que se esconde? Alguém já o viu? Devemos nos esconder depois de ter feito o bem?

Freind
Já viu alguma vez Christophe Ken, que construiu São Paulo de Londres? No entanto, está demonstrado que esse edifício é obra de um arquiteto muito hábil.

Birton
Todos entendem facilmente que Ken tenha construído com muito dinheiro esse vasto edifício, onde Burgess nos faz cochilar quando prega. Sabemos muito bem por que e como nossos pais ergueram essa construção. Mas por que e como um Deus teria criado do nada este

universo? Conhecem a velha máxima de toda a antiguidade: *Nada pode criar nada, nada volta a nada*. É uma verdade da qual ninguém jamais duvidou. Até sua Bíblia diz expressamente que seu Deus fez o céu e a terra, embora o céu, isto é, o conjunto de todos os astros, seja muito superior à terra, como esta terra o é com relação ao menor dos grãos de areia; mas sua Bíblia jamais disse que Deus tenha feito o céu e a terra com absolutamente nada: ela não pretende que o Senhor tenha feito a mulher de nada. Formou-a muito singularmente de uma costela que arrancou ao marido. O caos existia, segundo a própria Bíblia, antes da terra: a matéria era, portanto, tão eterna quanto seu Deus.

Elevou-se então um pequeno murmúrio na assembleia; dizia--se: "Birton, bem que poderia ter razão", mas Freind respondeu:

Já lhe provei, acho, que existe uma inteligência suprema, um poder eterno ao qual devemos uma vida passageira: não lhe prometi explicar por que nem como. Deus me deu suficiente razão para compreender que ele existe, mas não o bastante para saber ao certo se a matéria lhe foi eternamente submissa ou se ele a fez nascer no tempo. Que lhe importa a eternidade ou a criação da matéria, contanto que reconheça um Deus, um senhor da matéria e seu? Pergunta onde está Deus; nada sei e não devo sabê-lo. Sei que ele existe; sei que ele é nosso senhor, que faz tudo, que tudo devemos esperar de sua bondade.

Birton
De sua bondade! O senhor está zombando de mim. O senhor me disse: "Sirva-se de seus olhos"; pois eu lhe digo: "Sirva-se dos seus". Lance somente um rápido olhar sobre a terra inteira e conclua se seu Deus é bom.

O senhor Freind sentiu muito bem que aí é que estava o forte da discussão e que Birton lhe preparava um rude assalto; percebeu que os ouvintes, sobretudo os americanos, tinham necessidade de tomar ares para escutar e ele para falar. Recomendou-se a Deus; todos foram passear pelo tombadilho; em seguida, tomaram chá no iate e a discussão recomeçou.

Capítulo IX

Sobre o ateísmo

Birton
Por Deus, senhor! Não levará tão grande vantagem no assunto da bondade como já o teve com relação ao poder e à indústria; vou falar em primeiro lugar dos enormes defeitos deste globo, que são precisamente o oposto dessa indústria tão elogiada; em seguida, vou colocar diante de seus olhos os crimes e as desgraças perpétuas dos habitantes e poderá julgar sobre o afeto paternal que, segundo seu parecer, o mestre tem por eles.

Começo por lhe dizer que os naturais de Glocestershire, minha terra, quando fazem nascer cavalos em seus haras, os criam em belas pastagens, lhes dão depois um belo estábulo e aveia e feno com fartura; mas, por favor, que alimento e que abrigo tinham todos esses pobres americanos do norte, quando os descobrimos depois de tantos séculos? Tinham de correr de trinta a quarenta milhas para conseguir do que comer. Toda a costa boreal de nosso antigo mundo definha mais ou menos sob a mesma necessidade; e, desde a Lapônia sueca até os mares setentrionais do Japão, cem povos arrastam sua vida, tão curta quanto insuportável, numa miséria terrível, no meio de suas neves eternas.

Os mais belos climas estão expostos sem cessar a flagelos destruidores. Neles caminhamos sobre precipícios excitantes, recobertos de terrenos férteis, que são ciladas de morte. Não há outros infernos, sem dúvida; e esses infernos se abriram mil vezes sob nossos passos.

Falam-nos de um dilúvio universal, fisicamente impossível, e do qual todas as pessoas sensatas riem; mas pelo menos nos consolam dizendo que durou somente dez meses: devia ter apagado esses incêndios que depois destruíram tantas cidades florescentes. Seu Santo Agostinho nos informa que um só terremoto, na Líbia, sacudiu e arrasou cem cidades inteiras; esses vulcões abalaram toda a bela Itália. Para cúmulo de males, os tristes habitantes das zonas glaciais não estão isentos desses sorvedouros subterrâneos; os islandeses, sempre ameaçados, veem a fome diante deles, cem pés de gelo e cem pés de chamas à direita e à esquerda, em seu monte Hecla, pois todos os grandes vulcões ficam situados sobre essas montanhas horrendas.

É inútil nos dizer que essas montanhas de duas mil toesas de altura não são nada em relação à terra que tem três mil léguas de diâmetro; que é um grão da casca de uma laranja sobre a redondeza desse fruto, grão que não representa um pé sobre três mil. Ai de nós! Que somos então, se as altas montanhas só fazem sobre a terra a figura de um pé sobre três mil e de quatro polegadas sobre nove mil pés? Somos portanto animais absolutamente imperceptíveis; e no entanto somos esmagados por tudo o que nos cerca, embora nossa infinita pequenez, tão próxima do nada, nos devesse colocar ao abrigo de todos os acidentes. Depois dessa inumerável quantidade de cidades destruídas, reconstruídas e novamente destruídas como formigueiros, que diremos desses mares de areia que atravessam o meio da África e cujas vagas ardentes, amontoadas pelos ventos, engoliram exércitos inteiros? De que servem esses vastos desertos ao lado da bela Síria? Desertos tão espantosos, tão inabitáveis, que esses animais ferozes chamados *judeus* se julgaram no paraíso terrestre quando passaram, daqueles lugares de horror, para um canto de terra onde se podia cultivar algumas jeiras.

Não é ainda bastante que o homem, essa nobre criatura, tenha sido tão mal alojado, tão mal vestido, tão mal alimentado durante séculos. Nasce entre a urina e a matéria fecal para respirar dois dias; e, durante esses dois dias, compostos de esperanças enganadoras e de aborrecimentos reais, seu corpo, formado com uma arte inútil, está à mercê de todos os males que resultam dessa mesma arte; vive entre a peste e a sífilis; a fonte de seu ser está envenenada; não há ninguém que possa reter na memória a lista de todas as doenças que nos perseguem; e o médico das urinas na Suíça pretende curá-las todas!

Enquanto Birton assim falava, o auditório se mostrava totalmente atento e comovido; o bom Paruba dizia: "Vamos ver como nosso doutor se sairá desta". O próprio Jenni deixou escapar estas palavras em voz baixa: "Palavra de honra, ele tem razão; tolo fui eu que me deixei impressionar com os discursos de meu pai". O senhor Freind deixou passar essa primeira onda que agitava todas as imaginações e depois disse:

Um jovem teólogo responderia com sofismas a essa torrente de tristes verdades e lhe citaria São Basílio e São Cirilo que não têm o que fazer aqui; quanto a mim, senhores, vou confessar sem rodeios que há muito mal físico sobre a terra; não subestimo sua existência; mas o senhor Birton a exagerou demais. Refiro-me ao senhor, meu caro Paruba: este clima foi feito para vocês, e não é tão mau assim, uma vez que nem vocês nem seus compatriotas jamais quiseram deixá-lo. Os esquimós, os islandeses, os lapões, os ostíacos, os samoiedos nunca quiseram abandonar o seu. Os rangíferes ou renas, que Deus lhes deu para os alimentar, vestir e carregar, morrem quando são transferidos para outra região. Os próprios lapões também morrem em climas um pouco meridionais; o clima da Sibéria é muito quente para eles; eles se sentiriam abrasados nas paragens em que estamos.

É claro que Deus fez cada espécie de animais e de vegetais

para o local em que se perpetuam. Os negros, essa espécie de homens tão diferente da nossa, nasceram de tal modo para sua pátria que milhares desses animais negros se suicidaram, quando nossa bárbara cobiça os transportou para outros lugares. O camelo e o avestruz vivem comodamente nas areias da África; o touro e suas companheiras se sentem bem nas regiões férteis onde a erva se renova continuamente para seu alimento; a canela e o cravo só crescem na Índia; o trigo só é bom nos poucos países em que Deus o faz crescer. Temos outros alimentos em toda a sua América, desde a Califórnia até o estreito de Lemaire; não podemos cultivar a vinha em nossa fértil Inglaterra, tampouco na Suécia e no Canadá. Eis por que aqueles que introduzem seus ritos religiosos em pão e vinho em certos países não fizeram mais que consultar seu clima; bem fazem eles em agradecer a Deus o alimento e a bebida que recebem de sua bondade; e vocês fariam muito bem, vocês americanos, em lhe dar graças pelo milho, pela mandioca e por sua farinha. Deus, por toda a terra, proporcionou os órgãos e as faculdades dos animais, desde o homem ao caracol, aos locais onde lhes deu vida: não acusemos sempre, portanto, a providência quando tantas vezes lhe devemos ações de graças.

Vamos considerar agora os flagelos, as inundações, os vulcões, os terremotos. Se não reparar senão essas calamidades, se não reunir senão um medonho conjunto de todos os acidentes que entravaram algumas engrenagens da máquina deste universo, Deus é um tirano a seus olhos; se prestar atenção a seus inumeráveis benefícios, Deus é um pai. O senhor cita Santo Agostinho, o reitor, que, em seu livro dos milagres, fala de cem cidades destruídas ao mesmo tempo na Líbia; mas considere que esse africano, que passou a vida a se contradizer, prodigalizava em seus escritos a figura do exagero: tratava os terremotos como a graça eficaz e a condenação eterna de todas as crianças mortas sem batismo. Ele não disse, em seu trigésimo sétimo sermão, ter visto na Etiópia raças de homens providos de um grande olho no meio da testa, como os ciclopes, e povos inteiros sem cabeça?

Nós, que não somos Padres da Igreja[6], não devemos ir além nem ficar aquém da verdade: essa verdade é que, dentre cem mil casas, não se pode contar senão uma, no máximo, destruída a cada século pelos fogos necessários à formação deste globo.

O fogo é de tal modo necessário ao universo inteiro que, sem ele, não haveria na terra nem animais, nem vegetais, nem minerais: não haveria nem sol nem estrelas no espaço. Esse fogo, difundido sob a primeira crosta da terra, obedece às leis gerais estabelecidas pelo próprio Deus; impossível que não resultem dele alguns desastres particulares: não se pode dizer que um artesão seja mau operário quando uma máquina imensa, construída por ele só, subsiste há tantos séculos sem quebrar. Se um homem tivesse inventado uma máquina hidráulica que regasse toda uma província e a tornasse fértil, haveriam de recriminar que a água que lhes proporciona viesse a afogar alguns insetos?

Já lhe provei que a máquina do mundo é obra de um ser soberanamente inteligente e poderoso: o senhor, que é inteligente, deve admirá-lo; o senhor, que é cumulado de seus benefícios, deve amá-lo.

Mas os infelizes, o senhor diz, condenados a sofrer toda a vida, acabrunhados de doenças incuráveis, podem admirá-lo e amá-lo? Eu lhes direi, meus amigos, que essas doenças tão cruéis vêm quase todas por nossa culpa ou por culpa de nossos pais que abusaram de seus corpos e não por culpa do grande artífice. Quase não se conheciam outras enfermidades além da decrepitude, em toda a América setentrional, antes que tivéssemos trazido para cá essa água de morte a que chamamos *eau-de-vie*[7] e que traz mil males diversos a quem bebeu demais dela. O contágio secreto das Caraíbas, a que vocês, jovens, chamam de *pox*, não passava de uma leve indisposição cuja origem ignoramos e da qual nos curamos em dois dias com guaiaco ou com caldo de tartaruga; a incontinência dos europeus transplantou no resto do mundo

---

(6) *Padres da Igreja* é o designativo clássico atribuído aos grandes pensadores dos primeiros séculos do cristianismo, como Agostinho, Basílio, Gregório Nazianzeno, Gregório de Nissa, Ambrósio, Jerônimo e muitos outros. Todos eles são chamados também *doutores da Igreja*. (N. do T.)

(7) Em francês, *eau-de-vie* quer dizer aguardente, destilado do bagaço da uva, dito em português *bagaceira*. Voltaire contrapõe aqui, num jogo de palavras, *água da morte* a *eau-de-vie*, que, literalmente, significa *água de vida*. (N. do T.)

esse incômodo que tomou entre nós um caráter tão funesto e num flagelo tão abominável. Lemos que vieram a morrer desse mal o papa Júlio II, o papa Leão X, um arcebispo de Mogúncia chamado Henneberg e o rei de França Francisco I.

A varíola, originária da Arábia Feliz, era somente uma leve erupção, uma ebulição passageira e sem perigo, uma simples depuração do sangue: tornou-se mortal na Inglaterra, como em tantos outros climas; nossa cobiça a trouxe para esse novo mundo e o despovoou.

Lembremo-nos de que, no poema de Milton, esse tolo do Adão pergunta ao anjo Gabriel se vai viver muito tempo. "Sim, lhe responde o anjo, se observar a grande regra: *Nada em excesso*." Observem todos essa regra, meus amigos; ousariam exigir que Deus os fizesse viver sem dor durante séculos inteiros como prêmio à sua gula, à sua embriaguez, incontinência, abandono a infames paixões que corrompem o sangue e que abreviam fatalmente a vida?

Aprovei essa resposta; Paruba ficou bastante contente; mas Birton não se abalou e notei nos olhos de Jenni que estava ainda muito indeciso. Birton replicou nesses termos:

Uma vez que o senhor se serviu de lugares-comuns misturados com algumas reflexões novas, vou empregar também um lugar-comum ao qual jamais se conseguiu responder senão com fábulas e com palavrório. Se existisse um Deus tão poderoso e tão bom, não teria posto o mal na terra; não teria devotado suas criaturas ao sofrimento e ao crime. Se não pôde impedir o mal, é impotente; se o pôde e não o quis, é bárbaro.

Não temos anais senão a partir de aproximadamente oito mil anos, conservados entre os brâmanes; só os temos de uns cinco mil anos para cá entre os chineses; não conhecemos nada a não ser de ontem; mas nesse ontem tudo é horror. Degolamos de um extremo a outro da terra e fomos bastante imbecis para dar o nome de grandes homens, de heróis, de semideuses, de deuses até, àqueles que mandaram assassinar o maior número de seus semelhantes.

Restavam na América duas grandes nações civilizadas que começavam a usufruir das doçuras da paz: chegam os espanhóis e massacram doze milhões desses nativos; partem à caça dos homens com cães, e Fernando, rei de Castela, concede uma pensão a esses cães, por o terem servido tão bem.

Os heróis vencedores do novo mundo, que massacram tantos inocentes desarmados e nus, mandam servir à mesa coxas de homens e de mulheres, nádegas, braços e panturrilhas ensopadas. Mandam assar na brasa o rei Guatimozin do México; correm ao Peru para converter o rei Atabalipa. Um tal de Almagro, padre, filho de padre, condenado à forca na Espanha por ter sido ladrão de estrada, vai, com um tal de Pizarro, comunicar ao rei, pela voz de outro padre, que um terceiro padre, chamado Alexandre VI, manchado de incestos, de assassinatos e de homicídios, dera, por sua livre vontade, *proprio motu*, e por seus plenos poderes, não somente o Peru, mas a metade do novo mundo, ao rei da Espanha; que Atabalipa deve imediatamente se submeter, sob pena de incorrer na indignação dos apóstolos São Pedro e São Paulo. E, como esse rei não entendesse a língua latina mais do que o padre que lia a bula, foi de imediato declarado incrédulo e herege: mandaram queimar Atabalipa, como haviam feito com Guatimozin; trucidaram seu povo e tudo isso para roubar lama amarela endurecida, que só serviu para despovoar e empobrecer a Espanha, pois a levou a negligenciar a verdadeira lama que sustenta os homens quando cultivada.

Pois bem, meu caro senhor Freind, se o ser fantástico e ridículo chamado demônio tivesse querido fazer homens à sua imagem, os teria formado de outra maneira? Deixem, pois, de atribuir a um Deus uma obra tão abominável.

Essa tirada levou toda a assembleia a apoiar a opinião de Birton. Eu via Jenni sentir-se triunfante em segredo; até mesmo a jovem Paruba se sentiu tomada de horror contra as atitudes do padre Almagro, contra o padre que lera a bula em latim, contra o padre Alexandre VI, contra todos os cristãos que haviam cometido tantos crimes inconcebíveis por devoção e para roubar ouro. *Confesso que tremia pelo amigo Freind; eu me desesperava por sua causa; aqui está, no entanto, como ele respondeu, sem se perturbar:*

Meus amigos, lembrem-se sempre de que existe um ser supremo; eu o provei e concordaram comigo; e, depois de terem sido forçados a confessar que ele existe, se esforçam em encontrar nele imperfeições, vícios e maldades.

Bem longe estou de lhes dizer, como certos raciocinadores, que os males particulares formam o bem geral. Essa extravagância é demasiado ridícula. Concordo com pesar que há muito mal moral e mal físico; mas, desde que a existência de Deus é certa, também é certo que todos esses males não podem impedir que Deus exista. Ele não pode ser mau, pois que interesse teria em sê-lo? Há males terríveis, meus amigos; pois bem! não lhes aumentemos o número. É impossível que um Deus não seja bom, mas os homens são perversos; fazem um detestável uso da liberdade que esse grande ser lhes deu e deve lhes ter dado, isto é, o poder de executarem suas próprias vontades, sem o que não passariam de simples máquinas formadas por um ser mau, para serem quebradas por ele.

Todos os espanhóis esclarecidos concordam que um pequeno número de seus antepassados abusou dessa liberdade até cometer crimes que fazem a natureza tremer. Dom Carlos II (de quem o senhor arquiduque possa ser o sucessor!) reparou, o quanto pôde, as atrocidades a que se entregaram os espanhóis sob Fernando e sob Carlos V.

Meus amigos, se o crime está em toda a terra, nela está também a virtude.

Birton
Ah! ah! ah! A virtude! Aí está uma ideia engraçada, por Deus! Gostaria muito de saber como a virtude é feita e onde pode ser encontrada.

A essas palavras, não me contive e por minha vez interrompi Birton: "O senhor a encontrará no senhor Freind – lhe disse –, no bom Paruba, no senhor mesmo, quando tiver limpado seu coração dos vícios que o cobrem". Ele corou, Jenni também; depois Jenni baixou os olhos e pareceu sentir remorsos. Seu pai o olhou com alguma compaixão e prosseguiu deste modo seu discurso:

Freind

Sim, meus caros amigos, se houve crimes, sempre houve virtudes. Atenas, se viu Anito, viu também Sócrates; Roma, se teve Silas, teve também Catão; Calígula, Nero horrorizaram o mundo com suas atrocidades, mas Tito, Trajano, Antonino Pio, Marco Aurélio o consolaram com sua beneficência; meu amigo Sherloc dirá em poucas palavras ao bom Paruba quem eram esses de quem falo. Tenho felizmente meu Epicteto aqui no bolso: esse Epicteto não passava de um escravo, mas era igual a Marco Aurélio por seus sentimentos. Escutem, e possam todos aqueles que se envolvem em ensinar aos homens escutar o que Epicteto diz a si mesmo: "Foi Deus quem me criou, eu o trago em mim; ousaria desonrá-lo com pensamentos infames, com ações criminosas, com desejos indignos?". Sua vida se pautou de acordo com suas palavras. Marco Aurélio, no trono da Europa e de duas outras partes de nosso hemisfério, não pensou de forma diferente do escravo Epicteto: um nunca se sentiu humilhado por sua baixa condição, o outro nunca se deslumbrou com sua grandeza; e, quando escreveram seus pensamentos, o fizeram para si mesmos e para seus discípulos, e não para serem elogiados nos jornais. E, em sua opinião, Locke, Newton, Tillotson, Penn, Clarke, o homem a quem chamam *the man of Ross*, e tantos outros de nossa ilha e fora de nossa ilha, que eu poderia citar, não foram modelos de virtude?

Falou, senhor Birton, das guerras tão cruéis quanto injustas de que tantas nações se tornaram culpadas; descreveu as abominações dos cristãos no México e no Peru; pode acrescentar a isso a noite de São Bartolomeu na França e os massacres da Irlanda; mas não há povos inteiros que sempre tiveram horror ao derramamento de sangue? Os brâmanes não deram em todas as épocas esse exemplo ao mundo? E, sem sair do país onde nos encontramos, não temos aqui perto a Pensilvânia, onde nossos primitivos, que desfiguramos em vão com o apelativo de *quakers*, sempre detestaram a guerra? Não temos a Carolina, onde o grande Locke ditou suas leis? Nessas duas pátrias da virtude, todos os cidadãos são iguais, todas as consciências são livres, todas as religiões são boas, contanto que se adore um Deus; nelas todos os homens são irmãos. Pôde ver, senhor Birton, como à simples menção de um descendente de Penn, os habitantes das montanhas azuis, que podiam exterminá-lo, largaram as armas. Sentiram o que é a virtude, e o senhor se obstina em ignorá-la! Se a terra tanto produz venenos como alimentos salutares, passaria a alimentar-se unicamente de venenos?

Birton

Ah! Senhor, para que tantos venenos? Se Deus fez tudo, os venenos são obra dele; ele é o senhor de tudo; ele faz tudo; ele dirige a mão de Cromwell que assina a morte de Carlos I; ele conduz o braço do carrasco que lhe corta a cabeça; não, não posso admitir um Deus homicida.

Freind

Eu tampouco. Escute, por favor; há de convir comigo que Deus governa o mundo por meio de leis gerais. Segundo essas leis, Cromwell, monstro de fanatismo e de hipocrisia, decidiu a morte de Carlos I por seu interesse, essas leis que todos os homens necessariamente amam e que nem todos interpretam de igual modo. Segundo as leis do movimento estabelecidas pelo próprio Deus, o carrasco decepou a cabeça desse rei. Mas certamente Deus não assassinou Carlos I por um ato particular de sua vontade. Deus não foi nem Cromwell nem Jeffrys nem Ravaillac nem Balthazar Gérard nem o irmão pregador Jacques Clément. Deus não comete nem ordena nem permite o crime; mas fez o homem e fez as leis do movimento; essas leis eternas do movimento são igualmente executadas pela mão do homem caridoso que socorre o pobre e pela mão do celerado que degola seu irmão.

Do mesmo modo que Deus não extingue o sol e não afunda a Espanha no mar para punir Cortez, Almagro e Pizarro, que haviam inundado de sangue humano a metade de um hemisfério, assim também não envia um pelotão de anjos a Londres, nem faz descer do céu cem mil tonéis de vinho de Borgonha, para dar prazer a seus queridos ingleses quando tiverem praticado uma boa ação. Sua providência geral seria ridícula se baixasse a cada momento em cada indivíduo; e essa verdade é tão palpável que Deus jamais pune imediatamente um criminoso com um golpe formidável de sua onipotência: deixa brilhar o seu sol sobre os bons e sobre os maus. Se alguns celerados morreram imediatamente depois de seus crimes, morreram por obra das leis gerais que presidem o mundo. Li no espesso livro de um *frenchman* chamado Mézeray que Deus havia feito morrer nosso grande Henrique V de uma fístula no ânus porque ele tinha ousado sentar-se no trono do rei cristianíssimo; não, ele morreu porque as leis gerais emanadas da onipotência tinham de tal modo arranjado a matéria que a fístula no ânus devia acabar com a vida desse herói. Todo o lado físico de uma ação má é efeito das leis gerais impostas pela mão de Deus à matéria; todo o mal moral da ação criminosa é efeito da liberdade de que o homem abusa.

Finalmente, sem penetrar nos nevoeiros da metafísica, lembremo-nos de que a existência de Deus está demonstrada; não há mais que discutir sobre sua existência. Tirem Deus do mundo, o assassinato de Carlos I se tornaria por isso mais legítimo? Seu carrasco seria por isso mais estimado? Deus existe, basta; se ele existe, é justo. Sejam, portanto, justos.

Birton

Seu pequeno argumento sobre o concurso de Deus tem requinte e força, embora não desculpe Deus inteiramente de ser o autor do mal físico e do mal moral. Vejo que a maneira pela qual o senhor escusa Deus impressiona um pouco a assembleia, mas ele não poderia ter feito de tal modo que suas leis gerais não trouxessem tantas desgraças particulares? O senhor me provou a existência de um ser eterno e poderoso e, Deus me perdoe!, por um momento receei que me levasse a acreditar em Deus; mas tenho terríveis objeções a lhe fazer. Vamos, Jenni, vamos criar coragem, não nos deixemos abater.

Capítulo X

Sobre o ateísmo

A noite havia descido, era linda, a atmosfera era uma abóbada de azul transparente, semeada de estrelas de ouro; esse espetáculo sempre toca os homens e lhes inspira doces devaneios: o bom Paruba admirava o céu como um alemão admira a basílica de São Pedro de Roma ou a Ópera de Nápoles ao vê-la pela primeira vez.

– Essa abóbada é bem ousada – dizia Paruba a Freind; e Freind lhe explicava:

– Meu caro Paruba, não há nenhuma abóbada; essa cúpula azul não é outra coisa senão uma extensão de vapores, de nuvens leves, que Deus dispôs e combinou de tal modo com a mecânica de seus olhos que, em qualquer ponto em que estiver, está sempre no centro de sua caminhada e avista o que se chama céu, e o que não é o céu, arredondado sobre sua cabeça.

– E essas estrelas, senhor Freind?

– São, como já lhe havia dito, outros tantos sóis em torno dos quais giram outros mundos; longe de estarem ligados a essa abóbada azul, lembre-se de que estão a distâncias diferentes e prodigiosas: essa estrela que está vendo se encontra a mil e duzentos milhões de passos de nosso sol.

Então lhe mostrou o telescópio que havia trazido: fez-lhe ver nossos planetas, Júpiter com suas quatro luas, Saturno com suas cinco luas e seu inconcebível anel luminoso; "é a mesma luz, lhe dizia, que parte de todos esses globos e que chega a nossos olhos: desse planeta, num quarto de hora; daquela estrela, em seis meses". Paruba se pôs de joelhos e disse: "Os céus anunciam Deus". Todo o grupo cercava o venerável Freind, olhava-o e admirava-o. O coriáceo Birton se aproximou sem nada olhar e falou assim:

Birton
Pois bem, que seja! Há um Deus, concordo com o senhor; mas que importa ao senhor e a mim? Que há entre o ser infinito e nós, vermes da terra? Que relação pode existir entre sua essência e a nossa? Epicuro, admitindo deuses nos planetas, tinha realmente razão em ensinar que eles não se misturavam de modo algum com nossas tolices e com nossos horrores; que não podíamos nem ofendê-los nem lhes agradar; que não tinham nenhuma necessidade de nós, nem nós deles: o senhor admite um Deus mais digno do espírito humano que os deuses de Epicuro e que todos aqueles dos orientais e dos ocidentais. Mas se diz, como tantos outros, que esse Deus formou o mundo e também nós para sua glória; que exigiu outrora sacrifícios de bois para sua glória; que apareceu, para sua glória, sob nossa forma de bípedes etc., estaria dizendo, ao que me parece, uma coisa absurda que faria rir todas as pessoas que pensam. O amor da glória não é outra coisa que orgulho e o orgulho não passa de vaidade; um orgulhoso é um tolo que Shakespeare apresentava em seu teatro: esse epíteto não pode convir mais a Deus que o de injusto, de cruel, de inconstante. Se Deus se dignou fazer, ou melhor, organizar o universo, só deve ter sido em vista de nele deixar todos felizes. Eu o deixo refletir, senhor, se ele conseguiu realizar esse desígnio, o único, no entanto, que poderia convir à natureza divina.

Freind
Sim, sem dúvida, ele o conseguiu com todas as almas justas: elas serão felizes um dia, se já não o são hoje.

Birton
Felizes! Que sonho! Que história da carochinha! Onde, quando, como? Quem lhe disse isso?

Freind
Sua justiça.

Birton
Não me diga, depois de tantos declamadores, que viveremos eternamente quando não existirmos mais; que possuímos uma alma imortal, ou melhor, que ela nos possui, depois de nos ter confessado que os próprios judeus, os judeus, aos quais o senhor se vangloria de haver substituído, jamais suspeitaram sequer dessa imortalidade da alma, até a época de Herodes? Essa ideia de uma alma imortal havia sido inventada pelos brâmanes, adotada pelos persas, pelos caldeus, pelos gregos, ignorada durante muito tempo pela infeliz pequena horda judaica, mãe das mais infames superstições. Ah! Senhor, sabemos ao menos se possuímos uma alma? Sabemos se os animais cujo sangue constitui sua vida, como constitui a nossa, que têm, como nós, vontades, apetites, paixões, ideias, memória, habilidades, o senhor sabe se essas criaturas, tão incompreensíveis como nós, possuem uma alma, como se supõe que nós tenhamos uma?

Havia julgado até o momento presente que há na natureza uma força ativa da qual recebemos o dom de viver em todo o nosso corpo, de caminhar com nossos pés, de agarrar com nossas mãos, de ver com nossos olhos, de ouvir com nossos ouvidos, de sentir com nossos nervos, de pensar com nossa cabeça e que tudo isso era o que chamamos alma: palavra vaga que não significa, no fundo, senão o princípio desconhecido de nossas faculdades. Chamarei Deus, com o senhor, esse princípio inteligente e poderoso que anima a natureza inteira; mas acaso ele se dignou a dar-se a conhecer a nós?

Freind
Sim, por suas obras.

Birton
Ele nos ditou suas leis? Ele nos falou?

Freind
Sim, pela voz de sua consciência. Não é verdade que, se tivesse matado seu pai e sua mãe, essa consciência o dilaceraria com remorsos tão horrendos quanto são involuntários? Essa verdade não é sentida e confessada pelo universo inteiro? Desçamos agora a crimes menores. Há um só que não o assuste à primeira vista, que não o faça empalidecer na primeira vez que o comete e que não deixe em seu coração o aguilhão do arrependimento?

Birton
Tenho de confessar que sim.

Freind
Deus, portanto, lhe ordenou expressamente, falando a seu coração, de não se manchar jamais com um crime evidente. E quanto a todas essas ações equívocas, que uns condenam e outros justificam, que temos de melhor a fazer senão seguir essa grande lei do primeiro dos Zoroastros, tão celebrada em nossos dias por um autor francês: "Quando não sabes se a ação que arquitetas é boa ou má, abstém-te"?

Birton
Essa máxima é admirável; é sem dúvida o que jamais se disse de mais belo, isto é, de mais útil em moral; e isso quase me faria pensar que Deus suscitou de tempos em tempos sábios que ensinaram a virtude aos homens transviados. Peço-lhe perdão por haver escarnecido da virtude.

Freind
Peça perdão ao ser eterno, que pode recompensá-la eternamente e que pode punir os transgressores.

Birton
Como! Deus me haveria de punir eternamente por me ter entregue a paixões que ele me deu?

Freind
Ele lhe deu paixões com as quais se pode fazer o bem e o mal. Não lhe digo que ele o punirá para sempre, nem como o punirá, pois ninguém pode saber nada a respeito; digo-lhe que ele o pode. Os brâmanes foram os primeiros que imaginaram uma prisão eterna para as substâncias celestes que se haviam revoltado contra Deus em seu próprio palácio; ele as encerrou numa espécie de inferno que chamavam *ondera*; mas, ao cabo de alguns milhares de séculos, suavizou suas penas, os colocou na terra e os fez homens: é daí que vem nossa mescla de vícios e de virtudes, de prazeres e de calamidades. Essa imaginação é engenhosa; a fábula de *Pandora* e de *Prometeu* o é ainda mais. Nações grosseiras imitaram grosseiramente a bela fábula de *Pandora*; essas invenções são sonhos da filosofia oriental; tudo o que posso dizer é que, se cometeu crimes abusando de sua liberdade, é impossível provar que Deus seja incapaz de puni-lo; eu o desafio a respeito disso.

Birton
Espere; o senhor acredita que não posso lhe demonstrar que é impossível ao grande ser de me punir: palavra de honra, o senhor tem razão; fiz o que pude para me provar que isso era impossível e jamais o consegui. Confesso que abusei de minha liberdade e que Deus me pode castigar por causa disso; mas, por Deus!, não serei punido quando não existir mais.

Freind
A melhor opção que o senhor deve fazer é ser um homem honesto enquanto existe.

Birton
Ser um homem honesto enquanto existo?... Sim, eu o confesso; o senhor tem razão; é a opção que se deve fazer.

Gostaria, meu caro amigo, que tivesse sido testemunha do efeito que as palavras de Freind produziram em todos os ingleses e em todos os americanos. Birton, tão leviano e tão audacioso, foi tomado de súbito por um ar recolhido e modesto; Jenni, com os olhos banhados de lágrimas, abraçou os joelhos de seu pai e o pai o abraçou. Apresento, finalmente, a última cena dessa discussão tão espinhosa e tão interessante.

Capítulo XI

Sobre o ateísmo

Birton
Admito realmente que o grande ser, o senhor da natureza, é eterno; mas nós, que não existíamos ontem, podemos ter a louca ousadia de aspirar a uma eternidade futura? Tudo parece sem retorno ao redor de nós, desde o inseto devorado pela andorinha até o elefante devorado pelos vermes.

Freind
Não, nada perece, tudo se transforma: os germes impalpáveis dos animais e dos vegetais subsistem, se desenvolvem e perpetuam as espécies. Por que não haveria de querer que Deus conservasse o princípio que o faz agir e pensar, de qualquer natureza que possa ser? Deus me livre de construir um sistema, mas certamente há em nós qualquer coisa que pensa e que quer: essa qualquer coisa, a que chamavam outrora uma mônada, essa qualquer coisa é imperceptível. Deus no-la deu, ou talvez, para falar de modo mais justo, Deus nos deu a ela. Está realmente certo que

ele não pode conservá-la? Pense, examine; pode fornecer-me alguma demonstração disso?

Birton

Não; procurei-a em meu entendimento, em todos os livros dos ateus e sobretudo no terceiro canto de Lucrécio; confesso que nunca encontrei senão verossimilhanças.

Freind

E, nessas simples verossimilhanças, nos entregaríamos a todas as nossas funestas paixões? Viveríamos como brutos, não tendo como regra senão nossos apetites e como freio o temor dos outros homens, tornados eternamente inimigos uns dos outros devido a esse mútuo temor! Pois sempre se quer destruir aquilo que se teme. Pense bem nisso, senhor Birton, reflita seriamente sobre isso, meu filho Jenni; não esperar de Deus nem castigo nem recompensa é ser verdadeiramente ateu. De que serviria a ideia de um Deus que não tivesse nenhum poder sobre nós? É como se dissessem: há um rei da China que é muito poderoso; respondo: que lhes faça bom proveito; que fique em sua terra e eu na minha; não me preocupo mais com ele que ele comigo; ele não tem mais jurisdição sobre minha pessoa que um cônego de Windsor sobre um membro de nosso parlamento; então eu sou meu próprio Deus; sacrifico o mundo inteiro a minhas fantasias, se a ocasião se apresentar; sou sem lei, só me importo comigo. Se os outros seres são carneiros, eu me transformo em lobo; se são galinhas, me transformo em raposa.

Suponho (que Deus não queira) que toda a nossa Inglaterra seja ateia por princípio; concordo que se possa encontrar vários cidadãos que, nascidos tranquilos e pacíficos, bastante ricos para não ter necessidade de ser injustos, governados pela honra e, por conseguinte, atentos a sua conduta, conseguirão viver em sociedade: cultivarão as belas artes, que suavizam os costumes: poderão viver na paz, na inocente alegria dos homens honestos; mas o ateu pobre e violento, seguro de sua impunidade, será um tolo se não o assassinar para roubar seu dinheiro. A partir de então, todos os laços da sociedade são rompidos, todos os crimes secretos inundam a terra, como os gafanhotos, de início mal percebidos, vêm devastar os campos; o povo de classe menos favorecida não passará de uma horda de salteadores, como nossos ladrões, dos quais não se enforca a décima parte: passam sua miserável vida em tavernas com prostitutas, batem nelas, brigam entre si, caem bêbados no meio de seus canecos de chumbo com os quais quebram a cabeça uns aos outros; despertam para roubar e para assassinar; recomeçam cada dia esse círculo abominável de brutalidades.

Quem poderá conter os grandes e os reis em suas vinganças, em sua ambição, à qual querem tudo imolar? Um rei ateu é mais perigoso que um Ravaillac fanático.[8]

Os ateus formigavam na Itália no século XV; o que aconteceu? Tornou-se tão comum envenenar como oferecer um jantar, enfiar um punhal no coração de um amigo como abraçá-lo; houve professores de crime, como hoje há professores de música e de matemática. Eram escolhidos de antemão os templos para ali assassinar os príncipes ao pé dos altares. O papa Sixto IV e um arcebispo de Florença mandaram assassinar assim os dois príncipes mais distintos da Europa. (Meu caro Sherloc, diga, por favor, a Paruba e a seus filhos o que é um papa e um arcebispo e diga-lhes sobretudo que já não existem semelhantes monstros.) Mas vamos continuar. Um duque de Milão foi assassinado da mesma forma no interior de uma igreja. São por demais conhecidos os espantosos horrores de Alexandre VI. Se esses costumes tivessem subsistido, a Itália teria ficado mais deserta do que o Peru depois de sua invasão.

A crença num Deus remunerador das boas ações, punidor das más, perdoador das faltas leves é, pois, a crença mais útil ao gênero humano; é o único freio dos poderosos que cometem insolentemente os crimes públicos; é o único freio dos homens que cometem disfarçadamente os crimes secretos. Não digo,

---

(8) François Ravaillac (1578-1610) era um pajem que se tornou frade. Pôs na cabeça que salvaria a religião católica assassinando Henrique IV, que movia guerra às potências católicas. Em 1610, feriu gravemente o rei a punhaladas. Foi preso e esquartejado. (N. do T.)

meus amigos, de mesclar a essa crença necessária superstições que a desonrariam e que poderiam até mesmo torná-la funesta: o ateu é um monstro que só devorará para aplacar sua fome; o supersticioso é outro monstro que dilacerará os homens por dever. Sempre notei que se pode curar um ateu, mas jamais se consegue curar radicalmente um supersticioso; o ateu é um homem de talento que se engana, mas que pensa por si; o supersticioso é um tolo brutal que jamais teve senão as ideias dos outros. O ateu violentará Ifigênia prestes a desposar Aquiles, mas o fanático a degolará piedosamente sobre o altar e julgará que Júpiter lhe ficará devendo obrigações; o ateu roubará um vaso de ouro de uma igreja para dar de comer a meretrizes, mas um fanático celebrará um auto de fé nessa igreja e entoará um cântico judeu a plenos pulmões, enquanto faz queimar judeus. Sim, meus amigos, o ateísmo e o fanatismo são os dois polos de um universo de confusão e de horror. A pequena zona da virtude está entre esses dois polos: sigam com passo firme por esse caminho; creiam num Deus bom e sejam bons. É tudo o que os grandes legisladores Locke e Penn pedem a seus povos.

  Responda-me, senhor Birton, você e seus amigos; que mal lhes pode fazer a adoração de um Deus junto com a felicidade de ser um homem honrado? Podemos ser acometidos de uma doença mortal neste momento em que lhes falo: quem de nós não desejaria então ter vivido na inocência? Vejam como nosso mau Ricardo III morre em Shakespeare; como os espectros de todos aqueles que ele matou vêm aterrorizar sua imaginação. Vejam como expira Carlos IX da França depois de sua noite de São Bartolomeu. Por mais que o capelão lhe diga que ele fez bem, seu crime o dilacera, seu sangue jorra por seus poros e todo o sangue que fez correr brada contra ele. Podem estar seguros de que, de todos esses monstros, não há nenhum que não tenha vivido nos tormentos do remorso e que não tenha terminado no pavor do desespero.

Capítulo XII

Regresso à Inglaterra. Casamento de Jenni

Birton e seus amigos não mais puderam conter-se; eles se prostraram aos joelhos de Freind.

– Sim – disse Birton –, eu creio em Deus e no senhor.

Já se aproximavam da casa de Paruba. Ali jantaram, mas Jenni não conseguiu comer; mantinha-se afastado e se derretia em lágrimas; o pai foi procurá-lo para o consolar.

– Ah! – disse Jenni. – Eu não merecia ter um pai como o senhor; morrerei de dor por ter me deixado seduzir por essa abominável Clive-Hart: sou a causa, embora inocente, da morte de Primerose e, ainda há pouco, quando nos falou de envenenamento, um calafrio tomou conta de mim; acreditei ver Clive-Hart oferecendo a Primerose a horrível bebida. Ó céus! Como pude ter o espírito tão alienado para seguir uma criatura tão criminosa? Mas ela me enganou; eu estava cego; só me desiludi um pouco antes de ter sido presa pelos selvagens: num assomo de cólera, ela quase me fez a confissão de seu crime; desde esse momento, tive horror dela e, para meu suplício, a imagem de Primerose está incessantemente diante de meus olhos; eu a vejo, eu a ouço; ela me diz: "Estou morta porque te amava".

O senhor Freind esboçou um sorriso de bondade, cujo motivo Jenni não conseguiu entender; o pai lhe disse que só uma vida irrepreensível poderia reparar as faltas passadas; levou-o para a mesa como um homem que acabam de retirar das ondas onde se afogava; eu o abracei, o agradei e lhe infundi coragem; estávamos todos comovidos.

No dia seguinte, preparamo-nos para voltar para a Inglaterra, depois de ter dado presentes a toda a família de Paruba: nossa despedida se misturou com lágrimas sinceras; Birton e seus camaradas, que nunca tinham sido senão levianos, já pareciam sensatos.

Estávamos em alto-mar, quando Freind disse a Jenni em minha presença:

– Pois bem, meu filho, a lembrança da linda, da virtuosa e da terna Primerose ainda te é muito cara?

A essas palavras, Jenni se desesperou; as flechas de um eterno e inútil arrependimento varavam seu coração e fiquei com medo que ele se atirasse no mar.

– Pois bem – lhe disse Freind –, consola-te porque Primerose está viva e te ama.

Com efeito, Freind recebia notícias seguras daquele empregado fiel que lhe enviava cartas por meio de todos os navios que partiam para Maryland. O senhor Mead, que depois adquiriu enorme reputação pelo conhecimento de todos os venenos, tivera a felicidade de tirar Primerose dos braços da morte. O senhor Freind mostrou ao filho aquela carta que ele havia relido tantas vezes e com tanta emoção.

Jenni passou num momento do auge do desespero ao da felicidade. Não vou descrever o efeito dessa mudança tão súbita; mais fiquei impressionado com isso, menos consigo exprimi-lo; foi o mais belo momento da vida de Jenni. Birton e seus camaradas compartilharam de alegria tão pura.

Que mais direi, enfim? O excelente Freind serviu de pai a todos. O casamento do belo Jenni e da bela Primerose se realizou na casa do doutor Mead. Casamos também Birton, que estava completamente mudado. Jenni e ele são hoje as pessoas mais honradas da Inglaterra.

Vocês todos devem concordar que um sábio pode curar loucos.

Impressão e Acabamento:
Gráfica Oceano